1920년대 재조일본인이 본
조선의 자연과 민요

1920년대 재조일본인이 본

조선의 자연과 민요

초판 인쇄   2016년 3월 14일
초판 발행   2016년 3월 24일

편　자   이치야마 모리오(市山盛雄)
역　자   엄인경
펴낸이   이대현
편　집   권분옥
펴낸곳   도서출판 역락
주　소   서울시 서초구 동광로 46길 6-6 문창빌딩 2층
전　화   02-3409-2060(편집부), 2058(영업부)
팩　스   02-3409-2059
등　록   1999년 4월 19일 제303-2002-000014호
이메일   youkrack@hanmail.net

정　가   15,000원
ISBN   979-11-5686-308-3 93810

* 사전 동의 없는 무단 전재 및 복제를 금합니다.
* 파본은 교환해 드립니다.

이 도서의 국립중앙도서관 출판예정도서목록(CIP)은 서지정보유통지원시스템 홈페이지(http://seoji.nl.go.kr)와 국
가자료공동목록시스템(http://www.nl.go.kr/kolisnet)에서 이용하실 수 있습니다.(CIP제어번호: CIP2016006873)

助成　日本万国博覧会記念基金
Supported by the Japan World Exposition 1970 Commemorative Fund.
公益財団法人　関西・大阪21世紀協会

본서는 정부(교육과학기술부)의 재원으로 한국연구재단
의 지원을 받아 수행된 연구(NRF-2007-362-A00019)임.

1920년대 재조일본인이 본

조선의 자연과 민요

이치야마 모리오市山盛雄 편
엄인경 역

역락

▎머리말

이 책은 한반도 최대의 단카短歌 전문 잡지였던『진인眞人』의 1929년 7월 「조선의 자연朝鮮の自然」 특집호에 게재된 재조일본인 14명의 글을 번역하고 그 원문을 함께 실은 것이다. 원래의 특집 제목이「조선의 자연」인 것에 대해 책의 제명을『조선의 자연과 민요』라한 것은, 이 특집이 그보다 2년 전인 1927년에 나온 「조선 민요의연구朝鮮民謠の研究」 특집호의 연속선상에서 기획된 것이기 때문이다. 그래서 조선 특유의 자연은 자연이되 가요나 민요에 노래된 자연을 의식한 글들이 적지 않다.

전통적으로 '일본의 노래'라는 의미의 와카和歌, 특히 단카에 종사한 재조일본인 가인歌人들은 경성의 진인사眞人社를 거점으로 1920년대 중반 이후 자신들의 삶의 터전이라 여긴 조선의 노래, 즉 전해내려 온 민요와 가요에 큰 관심을 갖고 수집, 번역, 연구하기 시작하였다. 진인의 가인들은 최남선, 이광수, 이은상과 같은 조선인 대표 및 재조일본인으로서 조선에 관한 이해도가 높다고 판단한 문필가들과 함께『진인』 5주년이 되는 1927년 신년특집호로 「조선민요의 연구」를 기획하였다. 이것은 곧바로 도쿄東京에서 단행본으로 증보 간행되었으며, 일본인과 조선인의 합작에 의한 조선 민요에 관한 최초의 본격적 연구서로 자리매김한다. 편자 이치야마 모리오市山盛雄는 이에 크게 고무되어 『진인』 7주년이 되는 1929년 7월호로 그에 후속하는 「조선의 자연」을 기획한 것이다.

이치야마는 경성제국대학 교수, 평론가, 미술가, 저널리스트, 교사, 동화연구가, 민속학자 등 이전 기획에 비해 손색없는 조선 전문가들에게 기고를 의뢰하였고, 「조선의 자연」 특집호가 성립되었다. 이 특집호는 단행본으로 나오지 못했고, 그 때문에 『조선 민요의 연구』가 그간 연구자들에게 간혹 언급된 기회가 있었던 것과 달리 전혀 알려지지 못했다. 이치야마의 기획 의욕에 비해 기고된 글들은 연구논문이라기보다는 수필이나 감상문에 가까운 것이 많고, 글의 소재도 가요와 민요뿐 아니라 그림, 정원, 꽃, 아이들의 장난감, 신앙, 전설, 속신 등으로 다양화되어 전체적 집중력은 약해졌다. 하지만 그 덕분에 민속학자 송석하로 대표되는 조선인과 재조일본인 엘리트들이 조선의 자연과 문화에 품은 다양함의 스펙트럼을 보여주기도 한다.

『조선의 자연과 민요』는 당시의 조선 문화관과 자연관의 실상을 이해하는 데 유용한 호재료이므로 아무쪼록 관심 있는 독자들에게 유익한 책이 되기를 바랄 따름이다. 끝으로 이 책의 출간을 적극 찬동해 주신 역락의 이대현 사장님과 좋은 자료가 될 수 있게 번역본과 영인본 합본으로 잘 만들어주신 권분옥 편집장님께 진심으로 감사하는 바이다.

2016년 3월 안암동에서
엄인경

차례

일러두기

1. 번역의 저본底本으로는 1929년 7월 7주년 특집호로 간행된 이치야마 모리오市山盛雄 편 『진인眞人』(眞人社) 제7권 제7호의 전반부를 사용하였으며, 해당부분을 이 책의 뒤에 영인 수록하였다.

2. 본서의 원문은 조선 민요 및 동요, 시조, 가사 등에 대부분 한국어 가사 병기 없이 일본어 번역만을 싣고 있으며, 이로 인하여 그 원곡을 특정하기 어려운 경우 원문 해석에 머물렀음을 밝힌다.

3. 모든 각주는 역자에 의한 것이다. 또한 간혹 본문 안에 필요한 보완이 역자에 의해 이루어진 경우도 있다.

4. 일본 인명, 지명 등의 고유명사 표기는 교육부 고시에 따른 외래어 표기법에 준한다.

5. 일본 고유의 정형시(단카短歌, 조카長歌, 하이쿠俳句 등)의 경우 되도록 그 정형률 (5·7·5·7·7이나 5·7·5조 등)에 맞추어 해석하였다.

조선의 풍경에 관하여

•다카기 이치노스케•

● 다카기 이치노스케 ●

다카기 이치노스케高木市之助(1888~1974년) 경성제국대
학 법문학부 교수.

아이치 현愛知縣 나고야名古屋 출신. 도쿄제국대학東京帝國
大學을 졸업하고 제오第五고등학교 교사, 문부성文部省의
도서감수관, 구제旧制 우라와浦和 고등학교 교수를 거쳐
1926년경부터 경성제국대학의 교수로 경성에서 체류.
이후 귀국 후에 규슈九州제국대학, 니혼日本대학, 나고야
대학 등의 교수를 역임하고 아이치 현립愛知縣立 여자단
기대학 학장에 취임. 고대문학을 중심으로 일본문학 전
반을 문예학적으로 연구한 업적이 높이 평가됨. 사후
1976~77년에 걸쳐 『다카기 이치노스케 전집高木市之助
全集』(전10권)이 고단샤講談社에서 간행됨.

조선의 풍경에 관하여

조선의 풍경 - 이라고 해도 금강산이라든가 압록강이라든가 하는 명소에 관한 것이 아니라 언제 어디서고 볼 수 있는, 그저 창밖의 작은 경치 같은 것에 관하여 최근 삼 년에 조금 못 미치는 체류자로서의 작은 착상을 떠오르는 대로 적어보고자 한다.

이것은 누구나 경험할 수 있는 일이라 여겨지는데, 너무도 정도가 다른 자연과 마주치면 이루 말할 수 없는 어떤 기분에 지배될 때가 있다. 망설여진다고 해야 할지, 얼버무리게 된다고 해야 할지, 어쨌든 그것이 미인지 추인지 호인지 오인지 순간 짐작도 가지 않는 기분이다. 물론 그러한 상태가 오래 지속되는 것은 아니지만.

과거 이야기를 꺼내자면 그 옛날 학생 시절, 처음으로 도쿄東京 땅을 밟아보고 얼마 지나지 않아 - 그것은 아주 안성맞춤으로 따뜻한 음력 시월의 어느 날이었는데 - 소위 무사시노武藏野[1] 들판에 산책을 나갔을 때 나는 그러한 기분을 느꼈던 것을 기억하고 있다.

---

1) 간토(關東) 평야 남서부, 도쿄의 중서부에서 사이타마 현(埼玉縣) 남부에 걸친 지역으로 잡목림이 무성한 들판. 예로부터 와카(和歌)의 명소로 알려짐.

구니키타 돗포國木田獨步2)의 『무사시노』3)와 같은 작품은 당시에 여러 번 읽기도 했고, 그러한 문자文字가 도리어 나를 그 날의 산책으로 이끌어낸 것일 지도 모르겠지만, 그 날 무사시노의 풍경은 묘하게 맞지 않는 느낌, 초점이 맞지 않은 느낌이 들어 이상했다. 이것은 지금까지 나를 둘러싼 산간의 자연과 저 널따랗고 화창한 무사시노가 너무 정도가 달라서이며, 지금까지 준비하고 있던 개념화된 무사시노, 상상 속의 무사시노가 이 현실에서 느끼고 경험하는 무사시노 앞에서 너무도 무력했던 것 ― 이라고 생각한다.

다음으로 예를 하나 더 들자면, 몇 해 전 이탈리아 여행에서 베네치아에 도착한 당일의 인상에서도 그런 것이 있었다. 그림, 사진, 기행문, 그런 것을 통해 이 유명한 물의 도시는 나에게 상당히 친숙했다. 거기에 도착하기 전에는 누구나 하듯이 그곳에 관한 '예습'도 했고 말이다. 그런데 정작 실제로 그곳에 도착하여 곤돌라에 몸을 싣고 숙소로 갈 때의 내 기분을 정직하게 말한다면 역시 그 막막한 무감정, 무감각, 무판단의 기분이었다.

그리고 삼 년 전 내가 처음으로 이 반도 사람이 되어 정말로 승차감이 좋은 기차의 창으로 바라보았던 풍경! 여기에서도 나는 적잖이 그 감각을 느꼈다. '하늘이 깨끗하다', '산이 민둥산이다', '포

---

2) 구니키다 돗포(國木田獨步, 1871~1908년). 시인이자 소설가로 일본 자연주의 문학의 선구로 일컬어짐.
3) 구니키다 돗포가 1898년 『국민의 벗(國民之友)』에 발표한 소설로 그의 대표작. 도회에서 벗어난 무사시노에서 자연의 아름다움과 인간애에 관하여 생각하게 만드는 낭만적 작품.

플러', '아카시아', '닭백숙', '흰 옷'과 같은 것들은 미리 들은 바가 있었고, 또한 그것들은 대부분 듣던 모습 그대로 차창에 비쳤지만, 역시 막막한 느낌을 받았다. 좋다든가 나쁘다든가 마음에 든다든가 싫다든가의 판단을 하기가 어려웠다. 특히 조선의 풍경에는 상당히 기대를 했던 만큼 일종의 초조함과 비슷한 느낌마저 가졌는데, 그것을 어찌 하지도 못한 채 경성에 도착해 버렸다. 물론 이러한 심정은 오래가지는 않는다. 그로부터 두 달 정도 지나 일본으로 돌아가기 위해 같은 기차를 탔을 때는 아무렇지도 않았다. 도카이도東海道4)나 주고쿠스지中國筋5)와 마찬가지로 이 경부선 연도의 풍경 자연을 나의 기준이나 호오에 따라 분명히 바라보며 갈 수가 있었다. 하지만 그것은 제쳐 두고 이러한 막막한 심정을 생각해 봄에 있어서, 그것이 다른 경우의 경험에서 미루어 보아 매우 정도가 다른 자연과 대면했을 때에 일어나는 심정이라고 한다면, 거기에서 도출되는 나의—단지 나의 것이다—결론(?)은 조선의 자연이나 풍경은 일본의 그것과는 기조를 달리 한 별개의 것이라는 사실이다.

그렇다면 어디가 어떻게 다른 것일까? 조선의 풍경에서 주조를 찾는다면—조선의 산이라든가 강이라든가 한정된 경우에는 더 여러 가지를 생각할 수 있겠지만 지금은 뭉뚱그려—그것은 일종의 명랑함인 듯한 느낌이 든다. 다만 이것은 깊이가 있는 것이 아니라

---

4) 교토(京都)에서 에도(江戶), 즉 지금의 도쿄에 이르는 태평양 연안의 도로.
5) 스지(筋)는 에도 시대에 지세(地勢)에 따라 구분된 행정구획이며, 주고쿠(中國)는 지금의 오카야마 현(岡山縣), 히로시마 현(廣島縣), 야마구치 현(山口縣), 돗토리 현(鳥取縣), 시마네 현(島根縣)을 아우르는 일대.

그저 단순히 연일의 맑은 날씨에 깨끗한 푸른 하늘이 늘 우리 위를 덮고 있는 덕분에 지상의 모두가 밝은 것일 지도 모른다. 아니면 산을 난벌한 결과 울창하다와 같은 형용사에 들어맞는 삼림을 마주할 수 없는 정도일 지도 모르며, 즉 전자와 같이 너무 당연한 일이거나 아니면 후자와 같이 매우 부분적 현상을 전반적인 사항으로 확대하는 것일 지도 모른다. 하지만 적어도 지금의 나로서는 이 명랑함이라는 것을 그렇게 간단히 정리해 버리고 싶지는 않다. 이 명랑함으로 하여금 바로 조선 풍경의 근본적인 무언가를 상징하게 하고 싶다.

그러나 그것은 어디까지나 '명랑함'이지 빛은 아니다. 찬란하게 빛나는 것이 아니라 그저 구석구석까지 닿아 있는 밝은 세계이다. 따라서 그 반면에 음울함을 필요조건으로 하는 '명암'으로서의 밝음이 아니라 도리어 '평명平明'하다는 말의 '명'에 가깝다. 그림자와 대조되는 밝음이 아니라 그림자가 없는 밝음이다.

경성으로 오고 시간이 얼마 지나지 않은 어느 날 오후 — 로 기억한다. 어찌된 영문이었는지 갑자기 한강의 강물이 보고 싶어진 나는 지도를 들고 옛 용산의 전차 종점에서 마포 쪽으로 지나간 적이 있었다. 그것이 순수한 조선 마을을 통과한 최초의 경험이었는데, 그 구불구불하게 덤불 터널처럼 굽이굽이 구부러진 골목길은 솔직히 말해 생전 처음이라는 호기심을 뺀다면 결코 유쾌한 곳은 아니었지만, 다만 한 가지 그런 좁고 더러운 거리(?)에도 — 이것이 일본이라면 얼마나 음험하게 어두웠을까 하는 생각이 들었는데 —

이상하게 어떤 명랑함이 있다는 데에는 놀라기도 했고 다행스럽기도 했다. 나중에 그것은 마포에만 한하는 것이 아님을 알았다. 경성 뒷거리는 물론 수원, 개성, 장단, 고랑포 그 어디든 일본식으로 칙칙한 음산함을 찾기란 불가능했다.

이런 일도 있었다. 작년 가을 내 친구 F가 사는 곳으로 도쿄에서 온 어떤 서양화가가 귀경해서 이쪽의 작품을 사카모토 한지로坂本繁二郎6) 씨에게 보여주었더니, 사카모토 씨는 이것을 보고서야 비로소 조선을 접한 듯한 기분이 든다는 의미의 말을 했다고 한다. 그런데 이 화가가 조선에서 그린 풍경을 나도 한 점 가지고 있는데, 이 그림을 같은 화가의 옛 작품, 니카二科7) 전展이나 슌요카이春陽會8) 전에 출품한 것과 비교하면, 수법의 변화 등은 별도로 치더라도 일단은 약간 어두운 황혼의 어슴프레한 세계이고, 풍경의 격조가 전혀 다르다. F가 이 그림을 주제로 해서 지은 시가 무엇보다 이 그림의 격조를 잘 이야기해 주고 있다. 그에게 양해도 구하지 않고 여기에 옮겨 적어 둔다.

---

6) 사카모토 한지로(坂本繁二郎, 1882~1969년). 서양화가. 니카 회(二科會) 창립에 참가하였고, 말이나 노(能)의 가면 등을 제재로 하여 사색적 정취와 미묘한 색조를 띤 작품으로 유명.
7) 일본 미술가 단체의 하나인 니카 회(二科會), 혹은 그 전시회인 니카 전(二科展)을 말함. 관전(官展)에서 탈퇴한 화가들이 1914년 결성하여 전람회를 개최하였고 이후 많은 예술가들을 배출.
8) 1920년 일본미술원 양화부(洋畫部)를 탈퇴한 화가들이 중심이 되어 여러 화가들과 함께 1922년 창립한 미술단체. 특별한 주의주장을 내세우지 않고 일본적인 회화를 지향하며 매년 봄 공모전을 개최.

빛나는 나무

벼랑 아래를 단단한 그림자 하나가 지나간다
하늘의 밝음도 삼켜지고 꽃의 냄새도 없다
물기가 많은 어둠이 덮고 있다

올빼미 소리가 들린다

갈라진 들이 이어져 있다
그 끝에 불빛이 한 줄기 쏟아져 떨어졌다
벼랑 아래를 어두운 그림자 하나가 지나간다

조용한 구두소리가 들린다

라는 시이다. 그런데 같은 화가의 손에 그려진 조선 작품은 얼마나 명랑함을 지녔는지. 물론 거기에는 인상파의 작품에서 보는 듯한 빛의 계조階調(그러데이션)가 있는 것이 아니다. 그저 일면의 밝음, 화포畵布의 구석구석까지 이르는 밝음, 이른바 조선의 밝음이 있다.

　조선의 밝음은 포플러가 지닌 밝음이다. 포플러에는 예를 들면 은행이 가진 듯한 빛은 없다. 하지만 철두철미하게 밝음이 있다. 오히려 평명함 그 자체의 모습이다.

　일본의 자연에는 아무래도 이러한 밝음이 결핍되어 있다. 혹여 있다손 치더라도 매우 부족하다. ── 일괄하여 일본의 자연이라고 해도 북쪽 홋카이도北海道, 카라후토樺太(사할린, 역자)부터 남쪽 타이완

台湾에 이르기까지 실로 천차만별이지만, 임시로 게이한京阪9) 지방을 대표적인 것으로 치자―그렇다고 해서 특별히 대단한 어둠이 있는 것도 아니지만.

덧붙이자면 조선의 자연에는 윤택한 정취가 없다는 말을 자주 듣게 된다. 이럴 경우 이 말은 어떤 느낌을 드러낸다고 하기보다는 비가 적다든가 공기가 건조하다든가 하는 실제적 사실과 연결되므로, 만약 이것을 그러한 관계에서 잘라내어 순수하게 느낌을 드러내는 말로 사용한다면, '윤택한 정취'란 사실은 앞에서 말한 밝음의 반면에 불과한 것이 아닐까?

조선의 풍경은 일본의 풍경과 정도에 있어서 이런 식으로 다른 것은 아닐지―아직 겨우 삼 년밖에 살지 않았지만, 최근에 유행하는 만선滿鮮10) 여행으로 약간 색을 입힌 정도라고 할 상당히 빈약한 경험을 통해 이렇게 생각한 바이다.

―1929년 5월 25일

---

9) 교토(京都)와 오사카(大阪)를 아우른 호칭.
10) 당시의 만주(滿州) 지역과 조선(朝鮮), 즉 한반도를 아우른 호칭.

조선의 풍경과 정원

•다쓰이 마쓰노스케•

● 다쓰이 마쓰노스케 ●

다쓰이 마쓰노스케龍居松之助(1884~1961년). 정원연구가, 조원가造園家.

도쿄농업대학東京農業大學 교수. 다쓰이 고산龍居枯山이라는 이름도 사용. 도쿄제국대학 사학과 졸업. 교편을 잡고 문화사 등을 강의하였으며 1918년 일본정원협회 창립. 1920년에는 본인의 이름을 딴 다쓰이 정원연구소를 창설. 정원 설계와 이름난 정원들의 수리와 복구에 진력. 1924년에는 도쿄고등조원학교를 설립하였으며 일본조원학회, 일본조원사회의 설립에도 참가함. 와세다早稻田에서도 조원사造園史 등을 강의. 1934년에는 사적명승천연기념물 조사위원으로 활동하고 1950년대에는 문화재 전문심의회 명승부회 위원을 역임. 조원학교가 도쿄농업대학으로 합병되어 이 대학에서 1955년까지 교편을 잡음. 저서에 『대 에도의 추억大江戶の思い出』, 『문화관 일본사文化觀日本史』, 『일본 명정원기日本名園記』, 『근세의 정원近世の庭園』 등이 있음.

조선의 풍경과 정원

조선의 대자연은 실로 웅대하고 대륙적 특색을 지니고 있다. 저 금강산 같은 것은 정말 세계에 자랑할 만한 명승지라는 것을 단언할 수 있으며, 압록강이나 대동강 조망도 일본에서는 도저히 찾아볼 수 없는 거대한 것이다.

하지만 나는 이 글에서 주로 풍경과 건물 및 정원 내의 건축물에 관해 이야기하고자 한다. 그것도 떠오르는 대로 순서도 없이 죽 써 갈 것이다.

옛날부터 우리 일본에 조선 등롱燈籠11)이라고 부르는 것이 많이 전해져왔다. 특히 분로쿠文錄 게이초慶長12) 두 번의 반도 전쟁 이후 전리품이라고 하여 이러한 종류의 것들이 일본 정원에서 많이 사용되었다. 내가 이 조선 등롱이라는 것에 관해 중요하게 생각할 수밖에 없었던 것은, 오늘날 조선에 남아 있는 고석 등롱은 도리어

---

11) 조선 등롱은 한 가지 형태로 고정된 것은 아니고, 전체적으로 중후하며 중대(中台)가 다소 작아 이국적 느낌을 주는 석조 등롱을 말함.
12) 분로쿠와 게이초는 일본 연호로 각각 1592년과 1598년의 전쟁, 즉 임진왜란과 정유재란을 일컬음.

일본에서 가장 보편적으로 만들어진 틀이 많고, 일본에서 조선 등롱이라고 부르는 것이 정작 별로 보이지 않는다는 사실 때문이다.

하지만 나는 조선에서 뛰어난 석조품을 많이 보았다. 특히 경성의 파고다 공원에 있는 파고다와 같은 것은 정말 좀처럼 보기 어려운 일품으로, 전체 프로포션proportion(균형)부터 세부 조각에 이르기까지 한 점 흠잡을 데가 없다고 해도 과언이 아닐 정도이다. 나는 여러 번 이 앞에 서서 머물며 선망하고 또 쳐다보곤 했다.

그렇다면 이러한 우수한 석조품은 조선인의 손에 의해 만들어졌는가 하면 나는 약간 의문을 품지 않을 수 없다. 혹여 그 옛날 지나支那(중국)인들의 손에 의해 만들어진 것이 많지는 않은 것인지.

그리고 경성의 창덕궁 비원은 사람들에게 잘 알려진 곳으로 온실[13)]이 훌륭한 점에는 감탄하지 않을 수 없는데, 전국적 조원 가치에 있어서는 과연 어떨까 싶다. 그 자연 환경에 혜택 받은 지형과 소나무 등에 힘입은 바가 적지 않다고 본다. 다만 감복할 만한 점은 경회루처럼 바닥이 높게 물가에 지어진 건축이 환경과 너무도 조화를 잘 이루어 종합미를 발휘하고 있다는 사실이다.

이러한 경향은 경회루뿐 아니라 개인의 정원 내에서도 다실茶室풍의 건축물 돌기둥이 높은 바닥 위에 경쾌한 모습을 보이고 있다. 그리고 그 건축물이 이를 둘러싼 기복이 있는 지형, 그윽하고 깊은

---

13) 창경궁의 대온실을 말하며 1909년에 건립한 국내 최초의 서양식 온실로 철골 구조와 유리, 목재가 혼합된 건축물. 1907년 일본 황실 식물원 책임자가 설계하고 프랑스 회사가 시공한 당시 동양 최대 규모의 온실.

삼림 등과 혼연이 되어 하나로 어우러진 풍치를 구성하고 있다. 내가 본 경성의 옛 양반집들은 대부분 이러한 종류의 소小건축이 정원의 경관을 만들어 내는 데에 중요한 역할을 하고 있었다.

정원 내의 이와 같은 경향은 곧 대大풍경지에서도 볼 수 있으니, 어쩌면 예로부터 조선인들이 풍경에 관해 지녀온 취미 경향도 엿볼 수 있을 부분이다. 그리고 그것은 일본의 다실에 딸린 정원茶庭과 같이 그윽하고 고요함을 위주로 하는 것과는 달리, 넓고 전망을 주로 한 것이 매우 많이 발견되는 점도 흥미로운 일이라 본다.

시험 삼아 소위 명승지를 방문해 보면 거기에는 반드시 조망대가 있고, 그것은 예술미가 풍부하며 또한 지방색이 선명한 건축물인 경우가 많다. 그 때문에도 건축 그 자체가 풍치 구성의 중요한 재료가 된다. 예를 들어 평양성 밖의 모란대 경계에 있는 부벽루처럼, 산을 뒤로 하고 물에 임하여 너무도 회화적인 풍치를 만들어내고 있다. 곡선적인 지붕 덮개는 안정감이 좋아 이 건물이 있고서 비로소 그 풍경이 살게 되는 것이다. 그리고 을밀대乙密臺처럼 전망이 아주 좋은 높은 곳에 있는 것보다도 더 멋이 있다.

이러한 예는 도처에서 볼 수 있는데, 밀양강에 임한 영남루, 청천강변의 백상루, 압록강변의 통군정 등 거의 헤아릴 수가 없을 정도다.

이러한 경향은 원래 이웃나라인 중국에서 들어온 것이지만, 어느샌가 아무런 부자연스러움 없이 교묘히 조선화되어 버린 것인 듯하다.

세상 사람들이 툭하면 조선의 풍경은 차마 보고 있기 힘든 민둥산 투성이라고 하는데, 꼭 그런 것만은 아니다. 도회지를 조금만 벗어나면 일본에서는 볼 수 없는 웅대한 자연미를 도처에서 접할 수 있으며, 촌락의 조선풍 초가지붕들도 때로 풍치를 구성하는 재료가 되는 경우도 적지 않다.

그런데 조선의 풍경은 위에서 서술한 것처럼 결코 몹쓸 것이 아닐 뿐 아니라, 향후 조원적인 시설을 갖춘다면 곧바로 공원으로 이용할 수 있는 것들도 많다. 큰 하천의 연안 같은 장소도 모두 소중하다.

그리고 정원 내의 건물을 보더라도 그것은 결코 일본의 풍류 가옥에 비해 뒤떨어지지 않는다. 저 창덕궁 안에 있는 많은 건축물들은 조원 건축으로서 실로 뛰어나며, 특히 상량정上凉亭 같은 것은 이것이 있기 때문에 이곳에 경관 상의 가치를 매길 수 있는 것이다.

마지막으로 조선의 정원 양식에 관해 한 마디 덧붙여 두고자 한다. 원래 중국에서 수입된 것이라는 점에는 이론을 달 수 없겠지만, 현재의 조선 정원을 보면 그렇다는 판연한 증거를 찾기도 어려우며 역시 조선 특유의 색채를 발견할 수 있다. 특히 건물과 접하는 부분에 상당히 뛰어난 수법도 있으며 테라스 같은 것도 상당히 궁리가 많이 된 듯하다. 다만 공원은 역사가 짧은 만큼 볼 만한 것이 적다. 오히려 종래의 명승지를 공원으로 이용하는 편이 좋겠다는 생각이 들 정도이며, 경성의 남산이나 파고다 공원 등을 공원으로서의 가치 측면에서 논하기는 좀 어렵다. 조선의 공원은 장차 발달해야 하지만 현재로서는 아직 맹아기이다. 나는 오히려 하루라도 빨리 천연의 풍치를 제대로 꾸밈으로써 천연공원을 만들어내는 편이 좋다고 본다. 그렇게 하면 일본에서 온 관광객들도 만족할 것이다.

— 끝

황량의 선율을 노래하다

• 이노우에 오사무 •

● 이노우에 오사무 ●

이노우에 오사무井上收(1887~?). 언론인, 문필가.
나가노 현長野縣 출생. 도요東洋대학 졸업 후 신문기자.
1919년 11월부터 『오사카매일신보大阪每日新報』 경성지
점장이던 그는 1927년 11월 『개성일보 開城日報』를 『극
동시보極東時報』로 개칭하고 사장에 취임하여 경영. 이
시기 조선총독부 관방문서과官房文書課의 촉탁으로서 잡
지 『조선朝鮮』의 편찬에도 참여. 1931년 말에는 『대륙
통신大陸通信』을 인계 경영함. 1935년 통신일간대륙사通
信日刊大陸社의 사장. 1939년부터는 소속이 『매일신보每日
新報』, 『국민신보國民新報』로 변경되어 1940년대로 이어
져 한반도에서 20년 이상 신문인으로 활동. 그밖에도
애국부인회愛國婦人會 조선본부 간사장, 경성사범학교 부
속소학교 부형회 간부 역임. 신문, 잡지의 기고문뿐 아
니라 단행본 저서도 다수 있음.

황량의 선율을 노래하다

고도古都의 서정시 미美

편집자가 요구하는 대로 임시로 이러한 제명을 붙여 보았다. 이 글은 조선의 자연에 관한 수필을 써 달라는 제안에 기초한 나의 미흡한 직관에 불과하다. 오랫동안 조선에 살며 인상을 받은 것은 유명한 저 이백李白의 '오래된 정원 황폐한 누대 버들잎이 새롭고舊苑荒臺楊柳新, 마름 따는 아가씨 청명한 노래 봄에 이기지 못해菱歌清唱付勝春, 지금은 오로지 서강에 달이 떴으니只今唯有西江月, 예전 오나라 왕궁 안의 사람을 비췄으리曾照吳王宮裏人'[14] ─라고 노래한 황량한 자연이다. 유물관 입장에서 보면 정말 시인의 잠꼬대이다. 하지만 조선의 자연은 일본인이 고생해서 현해탄 파도를 뒤로 하고 건너와 이식한 야마토大和 일본의 벚꽃이 난만하게 핀 인공장식적

---

14) 이백의 시 「고소대 옛터를 보며(蘇臺覽古)」.

picturesque 자연보다도 오래된 정원의 황폐한 누대에 버들잎의 싹이 새롭게 트는 자연미인 것이 좋다.

밭 안에 솟은 느릅나무 아래에 묘지가 하나 쓸쓸하지 않을까
그 묘지 속 주인도.

畑中の楡の下邊に墓ひとつ寂しくぞあらむその墓主も

터벅터벅 광야를 가는 사람 어디로 가나 나도 가고 싶구나 끝
도 없는 곳으로.

とぼとぼと曠野行く人何處ゆくわれも行かばやはてしなき所

지난 번 조선과 만주에 와카 행각歌行脚15) 여행을 오신 가와다 준川田順16) 씨가 조선 땅에서 읊은 단카短歌인데, 조선의 자연과 마주할 때 항상 이러한 기분이 일어난다. 이것이 조선 산하의 본질이며 조선을 관상하는 자의 기쁨이자 조선을 노래하는 자의 자연이 아니겠는가?

그 이전에는 고인이 되신 와카야마 보쿠스이若山牧水17) 씨, 다음

---

15) 승려가 수행이나 포교를 위래 여러 지방을 다니듯, 가인(歌人)이 와카(和歌)를 창작하면서 여행하는 것.
16) 가와다 준(川田順, 1882~1966년). 가인(歌人). 도쿄 출생으로 도쿄제국대학 법과 졸업. 스미토모(住友) 총본사에 입사하여 실업가로서도 활약. 1897년에는 사사키 노부쓰나(佐佐木信綱)에게 단카를 사사받음. 단카 잡지『마음 꽃(心の花)』의 중심인물로 활약하고 전중, 전후에도 활발한 창작 활동을 함.
17) 와카야마 보쿠스이(若山牧水, 1885~1928년). 가인. 미야자키 현(宮崎縣) 출생으로 중학 시절부터 단카를 지음. 와세다(早稻田) 대학 영문과에 입학하여 오노에 사이슈(尾上柴舟)의 문하생이 됨. 여행과 술을 애호하였으며 1910년 잡지『창작(創作)』

으로는 오노에 사이슈尾上柴舟18) 박사의 조선 여행담과 단카短歌에
도 이러한 황량에 대한 축복이 있었다. 그것은 타향의 나그네가 안
내자의 프로그램에 따라 보고 다니는 옛 성터, 왕릉의 고분과 같은
평범한 명소 구적의 황량함만을 의미하는 것이 아니다. 도쿄, 오사
카大阪와 같은 도회에도 옛 에도江戶19)의 정조나 옛 나니와浪速20)의
풍정이 모던한 재즈나 도톤보리道頓堀 행진곡,21) 아사쿠사淺草 행진
곡22) 사이에 어슴푸레하게 명승을 머금고 있으므로 시가詩歌의 경
지가 상실되는 일은 없다. 리콜렉션recollection의 흐릿한 단 맛은 묻

을 창작하여 주재. 낭만주의와 평명한 작풍으로 유명.
18) 오노에 사이슈尾上柴舟, 1876~1957년). 가인. 오카야마 현(岡山縣) 출생으로 도쿄
제국대학 국문과 졸업. 당시의 『묘조(明星)』 가풍에 대항하는 서경가(叙景歌)를 주
장. 1914년 『미즈가메(水甕)』를 창간하여 주재함. 평론으로도 반향을 일으켰으며
단카의 일상성, 현실성을 중시하고 사색적 가풍으로 이행.
19) 도쿄의 옛 지명.
20) 한자로는 '難波', '浪速', '浪華', '浪花' 등을 쓰며 오사카 지역을 예로부터 일컫는 호칭.
21) 1928년 1월 영화의 막간에 상연된 촌극 '도톤보리 행진곡' 내의 동명의 히트곡.
노래 가사는 '빨간 등불 파란 등불 도톤보리의(赤い灯青い灯 道頓堀の) 강물 수면에
모인 사랑 불빛에(川面にあつまる戀の灯に) 어떻게 카페를 잊을 수 있나(なんでカ
フェーが忘らりょか)//술에 취해 중얼대는 닳고 닳은 여자(醉うてくだまきゃあばずれ
女) 새침 떠는 얼굴을 한 카페의 여왕(澄ました顔すりゃカフェーの女王) 도톤보리를
잊을 수 있나(道頓堀が忘らりょか)//좋아하는 그 사람이 이제 올 시간(好きなあの人
もう來る時分) 냅킨을 잘 접자꾸나 노래 부르자꾸나(ナフキンたたもよ唄いましょう
よ) 아아 그리운 도톤보리여(あゝなつかしの道頓堀よ)'.
22) 「도톤보리 행진곡」을 새롭게 아사쿠사로 치환하여 만든 1928년 10월의 촌극과 동
명의 히트곡. 가사는 '사랑의 등불 빛나는 새빨간 색에(戀の灯かがやく眞赤な色に)
가슴에 건 앞치마 어찌 물드나(胸のエプロン どう染まる) 화려한 아사쿠사 눈물 같
은 비(花の淺草 なみだ雨)//애첩은 카페의 소용돌이 치는 연기(妾ゃカフェーの 渦巻く
けむに) 울다가 웃다가 부질없는 정(泣いて笑うて 仇なさけ) 사랑의 아사쿠사 눈물
같은 비(戀の淺草 なみだ雨)//화장을 고쳐하여 누구인지 몰라도(化粧直して 誰知らさ
ねど) 오늘 하룻밤의 목숨이라면(今宵一夜の 命なら) 꿈속의 아사쿠사 눈물 같은 비
(夢の淺草 なみだ雨)'.

지 않는다. 나라奈良나 교토京都에 가면 그 감도는 색채가 한층 풍부하다.

가와다 씨만을 거론하는 것 같아 약간 마음이 걸리기는 하지만 가와다 씨는 조선의 도회미에 관하여 최근 이런 이야기를 했다. 이것은 경성에 관한 이야기인데 그 조건 안에 자연, 풍속이 단순하며 통일감이 있는 점, 역사적 전통이 있는 점, 적적함을 지니고 있는 점을 들었다. 조선 여학생들의 그 흰색이나 검은색 복장의 아름다움, 복잡하며 특색이 없는 것보다는 통일된 독특한 맛이 좋다고 하였고, 조선의 옷을 입고는 중절모자나 사냥모자 같은 것을 쓰는 대신 옛날 그대로의 갓을 쓰는 편이 좋으며, 나무가 적은 바위면이나 붉은 흙이 드러난 민둥산이 좋다. 그런데 최근에 광화문을 이전하거나 동소문을 부수거나 광희문을 이동하거나 성벽을 줄이거나 하다니, 여행자의 마음도 몰라주는 이 무슨 무심한 처사인가…… 운운했는데, 나그네의 마음에서 보자면 정말 그런 심정이 든다. 그렇다고 해서 근대 도시의 흐름, 변천해 가는 모던한 풍조가 이 나그네의 기분을 어디까지 받아줄까?

나그네의 마음은 '울적한 나를 쓸쓸하게 만드는 뻐꾹새 소리憂きわれを寂しがらせよ閑古鳥'23)의 경지에 있다. 황량의 삼매경이다. 즉 서정시적인 미가 감도는 것은 잇따라 일정을 서둘러 가는 나그네

---

23) 하이쿠의 성인으로 추앙받는 바쇼(芭蕉)의 글 『사가 일기(嵯峨日記)』에 나오는 구. 1691년 교토의 사가에서 초여름 깊은 산에서 우는 뻐꾸기 울음소리를 소재로 한 내용.

뿐 아니라 조선에 오랫동안 살며 익숙해진 나 같은 사람에게도 같은 생각을 들게 한다.

청경淸境의 미를 황폐하게 만드는 것

그러나 산미産米 백만 석을 증식[24]하고 사람들 입만 증식하여 밥만 많이 먹을 요량으로 준비하는 계획 즉 식림, 수리水利시설 등은 아무런 풍정도 고려해 넣지 않고 무턱대고 잡목을 심거나 화강암을 고딕형으로 늘어세우거나 한다. 이런 타산적인 인간 도시의 건설은 나그네의 마음을 거리낌 없이 배반해 간다. 이것도 몹시 마음 쓸쓸한 일이다. 그렇지 않아도 문화의 강렬한 자극에 서정시적인 인간미를 잃어가고 있는 근대인은 어디에서 마음의 안식처를 찾아야 하는 것일까?

근대 벨기에 문학의 두 밝은 별이라 칭송되며 마테를링크 Maéterlinck[25]와 더불어 신비상징주의 작가로 알려진 베르하렌 Verhaeren[26]이 도회 문명을 저주한 「촉수 있는 도시Les Villes Tentaculaires」라는 글에서 그의 생각을 서술하고 전원의 청경을 황폐화하는 것

---

24) 조선총독부는 1920년과 1926년 두 차례에 걸쳐 '산미증식계획'을 시행.
25) 모리스 마테를링크(Maurice Maeterlinck, 1862~1949년). 벨기에의 시인, 극작가. 상징극과 『파랑새(L'Oiseau Bleu)』 등 신비주의적 경향과 독자적 자연관찰로 1911년 노벨문학상 수상.
26) 에밀 베르하렌(Émile Verhaeren, 1855~1916년). 벨기에 시인. 30대에 정신적 위기를 탈피하고 나서 사회문제에 관심을 가졌으며, 인간 행동과 에너지를 찬미하는 시 등을 발표함.

을 한탄하였는데, 이것은 결코 서양 시인들만 이야기하는 남의 일이 아니다. 광화문을 옆으로 옮기는 것은 그렇다 치고 옛 전통과 역사 속에 자란 장엄한 추억에 충만한 고대 조선의 옛 건축물을 아무렇지 않게 파괴하는 것은, 조선 민족 입장에서도 물론 비통한 사건이지만 우리와 같은 붉은 흙 위에서 살며 임시의 짧은 인연을 갖는 자들에게도 석별의 정을 금하기 어렵다. 특히 나라奈良, 헤이안平安 시대27)의 문화가 지금의 교토나 나라에 남겨져 있다. 그리고 그 문화의 중재자Intermediary가 된 조선의 그 옛날에 마음이 이끌리지 않을 수 없는 노릇이다. 일본이나 조선에도 고적보존회와 같은 것이 있고 전문가가 있어서 각각 관리를 하는 구조이지만, 우리 입장에서 생각하자면 보존한다는 말뿐만이 아니라 철저히 애호를 하게끔 마음을 담았으면 한다. 이는 그 유적을 장엄하게 만들고자 하는 것이 아니다. 그 옛날의 모습을 그대로 적요함 속에 두고 싶다는 희망이며 황량한 선율을 그대로의 자연에 놓아두고 노래하기를 바라는 마음이다.

신라 옛 도읍의 노래 등

아무래도 이야기가 딱딱해져서 수필의 밭에서 차茶 밭으로 뛰어든 꼴이라 다시 방향을 되돌려 내가 말하고자 하는 황량한 미의 자

---

27) 헤이안 경(平安京), 즉 지금의 교토(京都)가 도읍이던 시대로 794년부터 12세기 말까지의 약 400년간.

연 쪽을 생각해 보고자 한다. 그러려면 역시 신라의 옛 도읍 경주
가 좋다.

이러한 개념에서 나라나 야마토大和 길 여행, 기타큐슈北九州의
지쿠시筑紫 길의 미즈키水城28) 터, 다자이후大宰府29) 터 등도 좋지만
황량하다고 하기에는 그 밀리우milieu(환경)가 지나치게 문화적이다.
양복을 입고 중절모를 쓴 농사꾼이 고분이나 미즈키 터를 아무렇
지 않게 휘휘 돌아다녔으니 하모니도 멜로디도 다 망친 셈이다. 그
에 비하면 경주는 좋다.

> 보리 이삭은 높이 자라났는데 주춧돌이 된 커다란 장방형 돌
> 무겁게 숨어 있네.(가와다 준)
> 麥の穗は伸び高けれどいしずゑの大き稜石かくれおもなるや(川田順)

이것은 황룡사 터의 노래로 네모난 큰 돌을 보리 이삭 사이로 물
끄러미 바라보고 있으면 정말 꿈의 황야를 뛰어다니는 느낌이 든다.

> 돌 깔아놓은 커다란 우물 통에 기대어 서서 들여다 본 물속은
> 어둡고 탁하구나.
> 石疊む大き井筒にひたよりてさしのぞく水の暗き濁れる

---

28) 7세기 중엽에 지금의 후쿠오카현(福岡縣) 오노조(大野城)로부터 다자이후(太宰府) 일
대까지 축조되었던 국방시설. 1921년 그 터가 사적(史跡)으로 지정됨.
29) 7세기 후반 규슈(九州) 지쿠젠(筑前) 지역, 즉 지금의 후쿠오카현 서북부에 설치된
외교, 방위, 행정, 사법 등의 소관 업무를 담당한 지방 행정기관. 그 터가 역시
1921년 사적으로 지정됨.

분황사 경내 승방에 들어가서 잠시 쉬었네 부추 냄새가 코를
찌르는 듯 여겨져.

芬皇寺の僧房にはいり憩ひたり韮のにほひの鼻衝くおぼゆ

이러한 노래도 나라나 교토에서는 맛볼 수 없는 황량한 정취라
할 수 있다. 가와다 씨도 어지간히 경주가 마음에 들었던지 몇 번
이고 이 고도에 들러 옛 향기를 즐겼다. 그가 쓴 「신라 구도부新羅
舊都賦」30) 안에서

베로 짠 방 문 신라의 왕이 묻힌 무덤 주변은 석비가 자리했네
돌 거북의 등 위에.

栲ぶすま新羅の王のみはか邊は石碑据えつ石の龜の背に

옛날 왕릉의 주변에서 조선의 애들 놀이에 빠져서 돌 거북에
장난치지 말거라.

王陵邊を鮮人の子どもら遊び呆けこの石の龜に惡戲すなよ

초가집 뒤로 가려져서 사람들 보지 못했던 이 흙 덮인 무덤도
왕릉이라고 한다.

草の屋のうしろ邊にして人の見ぬこの土墳もみささぎなりといふ

---

30) 가와다 준의 1934년 가집 『까치(鵲) : 만선가초(滿鮮歌鈔)』에 1926년의 노래로 「신
라고경부(新羅古京賦)」라는 가제의 단카 49수가 있는데 이를 일컫는 듯함.

36

소 갈고 있는 진흙이 찬 논 두둑 절이 있던 터 편평하게 고른
흙 천 년 전 그대로네.

牛が犁く泥田の岸の寺の址の平らされし土は千年そのまま

무덤가 근처 파수꾼이 동료와 창으로 잡은 새들과 짐승들의
얼굴 가련하노니.

み墓邊の守部が伴と戈とれる鳥けだものの顔の愛憐しさ

옛날 옛적에 살았던 왕들께선 파수꾼 세워 짐승들 막게 하고
편히 주무셨구나.

いにしへにありける王は獸らを守部に立たせ安眠したまふ

머나먼 세상 신라의 왕이 잠든 이 큰 무덤을 오늘 저무는 해가
조용히 비치누나.

遠き世の新羅の王のおくつきを今日の夕日のしづかに照せる

와 같은 노래는 원래 훌륭하여 이유를 달 맥락은 물론 없지만, 고
도 경주를 보고 이러한 노래를 맛보면 '정말 그렇구나' 하는 공명
이 절로 끓어오르는 것을 느낀다.

바쇼芭蕉31)의 하이쿠에 '국화의 향기 나라奈良에는 고찰의 오랜
불상들菊の香や奈良には古き佛達'이라고 되어 있는데, 경주 순례를 하

---

31) 마쓰오 바쇼(松尾芭蕉, 1644~1694년). 에도(江戶) 시대의 하이진(俳人). 하이카이(俳
諧)를 배우고 그 문단에서 지반을 형성했으며 이후 독자적인 쇼후(蕉風)를 개척.
하이카이를 문예로 승화한 대가.

는 자들은 백률사栢栗寺나 구정리九政里, 분황사 등에서 작약꽃을 보고 누구나 같은 느낌을 깊이 받는다. 마음 깊이 그리운 조선의 초가집들 뒤에 왕릉의 토분이 있다. 절터의 진흙 논을 갈고 있는 소의 발밑 흙이 신라 천년의 흙이다. 십이간지의 신상神像들이 왕릉 파수꾼으로 서 있다. 그 왕릉 위를 저녁 해가 조용히 비치고 그 고분 아래에서 신라의 왕들은 잠들어 있다. 기타 등등 이 얼마나 황량함의 극치인가?

고도 순례의 노래

고도 경주에서도 더욱이 회고의 정을 금할 수가 없는 곳 중에 포석정鮑石亭이라는 곳이 있다. 신라의 마지막 비극이 일어난 곳으로 일종의 처참한 황량함에 충격을 받게 된다. 경애왕景哀王의 유상곡수流觴曲水[32]의 연회가 근화일조몽槿花一朝夢으로 화化한 그 굽이굽이 흐르던 물이 지금은 아무런 말도 하지 않지만 순례자들에게 무언가 먼 과거를 속삭이지 않는다고 누가 말할 수 있으리. 이백은 「월중회고越中懷古」에서 '월왕 구천이 오나라를 무찌르고 돌아오니越王句踐破吳歸, 의사義士들은 모두 비단옷을 휘감고義士還家盡錦衣, 꽃 같은 궁녀들이 봄 궁전에 가득했다宮女如花滿春殿'고 했다. 포석정의 곡수연曲水宴에서도 이 정경을 방불케 하였으리라. 그것이 이백의

---

32) 삼월 삼짇날, 굽이 도는 물에 잔을 띄워 그 잔이 자기 앞에 오기 전에 시를 짓던 놀이.

회고에는 '지금 그저 새 떼만이 날고 있네只今惟有鷗鴣飛'라고 표현된 것처럼, 여기에서는 조선 까마귀가 천년의 세월을 거친 늙은 나무들 사이로 날고 있다. 또한 두공竇鞏[33])의 시 「남유사흥南遊思興」에도

상심하여 지난 일을 묻고자 하니	傷心欲問前朝事
흘러가기만 하고 돌아오지 않는 강물	惟見江流去不回
해 질 무렵 봄바람에 풀은 파래지고	日暮東風春草綠
자고새만 월왕대를 날아오누나	鷗鴣飛上越王台

라고 경치가 몇 번 변했는지, 밤낮으로 흘러가서는 돌아오지 않는 강물의 모습이나 안압지나 반월성터를 볼 때는 마치 작자와 손을 마주잡고 이야기하는 느낌이 든다.

또한 토분 왕국 신라의 옛 도시에는 불국사, 토함산의 장엄한 황량함이 감돌며 흐른다. 불국사, 석굴암의 여러 부처들. 바쇼는 나라에 많은 불상들이 있다고 노래했지만 여기 경주에도 또한 불상들이 수도 없이 많은데, 특히 석굴암 부처의 원만무애圓滿無碍함, 아키코晶子[34]) 여사의 대불 찬가 '석가모니는 미남이시로구나……'[35]라는 식의 미지근한 것이 아니라, 석불이면서 지금에라도 그 입술이

33) 두공(竇鞏, 762?~821년). 중국 당나라 시대 시인.
34) 메이지(明治) 낭만주의 신시대를 연 정열의 가인(歌人) 요사노 아키코(与謝野晶子, 1878~1942).
35) '가마쿠라의 부처님이시지만 석가모니는 미남이시로구나 여름 나무들 속에(鎌倉や み仏なれど釋迦牟尼は美男におはす夏木立かな)'라는 와카의 일부.

벌어질 것 같은 느낌이 든다. 이러한 장엄한 황량함을 갖는 곳은 일본에 없다. 이렇게 과거의 추억을 더듬으며 고도 순례에 유랑하는 느낌을 듬뿍 얻을 수 있는 것은 생각해 보니 조선에 사는 자들의 더할 나위 없는 행복이라 할 것이다. 선생이 처음 이 땅을 돌아보던 때 불국사 여관의 아주 넓은 방에서 큰 '대大'자 모양으로 손발을 뻗으며 읊었던 내 오래된, 그리고 몹시도 궁상스러운 노래를 떠올린다. 선각이신 가와다 씨를 따라가기에는 매우 부끄럽지만.

서라벌의 옛 도읍을 그리워해 나 여기 오니 고려의 여러 새들 길에서 노는구나.
徐羅伐の都をしたひあが來ればこまの鳥の途に遊べる

왕릉 쪽으로 이어진 오솔길에 웅크려 앉아 용마루의 조각을 두 개 주워들었다.
王陵につづく小徑にかがまりて甍のかけを二つ拾ひぬ

부처님상은 어디인가 부옇게 황룡사 터는 밭 가운데에 있고 부서진 탑 서 있네.
み佛はいづちゆかすか皇龍寺畑中にして破塔の立てる

밭 가운데의 황룡사 터에 옛날 생각하면서 오두막에 사는 자연고라도 있는가.
畑中の皇龍寺址にいぶせくも伏屋し居るはゆかりの人か

초가지붕의 짚 땅에 늘어지고 푸른 풀들은 땅에서 자라 올라 오두막은 숨었네.

藁ぶきの藁は地に垂り靑草は地より萌えつぎ小家は隱らふ

천년이라는 세월을 숨어 지낸 분황사지만 계시던 성승聖僧[36]께서 이제는 안 계시네.

千年のよはひこもらふ芬皇寺聖の僧のいまはおはさず

분황사하며 백률사 같은 사찰 민둥산들을 사방에 앉혀 놓고 황야에 남았구나.

芬皇寺栢栗寺など禿山を四方に居らせて荒野に殘る

산골짜기의 돌로 가득한 밭의 파란 보리는 종다리 울게 하며 이삭마다 빛난다.

山かひの石くれ畑の靑麥は雲雀なかせて穗に穗に光る

고분 주변은 말뚝을 박아 세워 철로 된 망을 에둘러 싸고서는 엄중하게 지키네.

古墳は木杭うちたたし鐵の網うち渡し嚴かにもる

이 절 동산에 들풀 가득 자라고 길가에 피는 도깨비엉겅퀴에 가는 길 어렵겠군.

これの苑に野草はびこり道のべは鬼薊さきて行きがてぬかも

---

36) 분황사에 머물렀던 신라의 고승 원효(元曉)대사(617~686년).

히토마로人麿37)도 황폐한 도읍을 노래하다

인간이 황량함을 좋아하거나 폐허를 슬퍼하는 마음은 고금동서를 막론하며, 서정시가에서 특히 삶을 사랑하고 향락하며 현세에 집착하는 현실주의 사상은 일본 선조들이 남긴 것이라고 해도 좋겠다. 그렇게까지 다감하지 않더라도 쇠멸, 폐망한 자취를 보면 누구든 거기에서 깊은 애수를 느끼고 정서가 동하지 않을 수 없는 노릇이다. 『만요슈萬葉集』38) 등에 애상가가 많은 이유이다. 신라, 고려, 백제 등의 옛 도읍을 보고 그 흥망추이를 떠올릴 때 우리는 거기에서 무어라 할 수 없는 감개무량함을 촉발받게 마련이다. 그러한 느낌을 나는 일단 황량의 선율이라고 보았다.

앞서 중국의 시인 이백의 시를 인용했지만, 가까운 곳에 서정시인으로서 가키노모토노 히토마로柿本人麿가 있다. 신라의 고도 경주나 고려조의 개성 같은 곳을 볼 때 히토마로가 「오미의 황폐한 도시를 지날 때過近江荒都時」39)에서

　　……하늘에 차는 야마토大和를 두고서 파랗고 빨간 나라야마奈

---

37) 『만요슈(萬葉集)』의 대표적 가인으로 가성(歌聖)이라 일컬어진 가키노모토노 히토마로(柿本人麿, 660?~720?년).
38) 나라(奈良)시대 8세기 중엽 성립된 일본 최고(最古)의 가집(歌集). 20권으로 이루어졌으며 오토모노 야카모치(大伴家持)가 마지막 정리를 한 것으로 알려짐. 단카, 조카(長歌) 등 여러 가체(歌体)의 노래가 약 4500여 수 실림. 일본 전역의 각 계층의 풍부한 인간성, 소박한 표현을 만요가나(万葉仮名)로 수록.
39) 이하 『만요슈』 권1에 실린 29번 조카(長歌), 즉 긴 노래와 답가는 30번, 31번의 단카(短歌).

良山 산을 넘어 어떻게 여겨진 것일까? 하늘과 동떨어진 시골이 건만 돌 위를 흐르는 오미近江40) 지방의 잔물결 오쓰大津41) 도읍에서 천하를 다스리셨다고 하는 천황의 옛 도읍지가 여기라고 들었지만, 궁전자리가 여기라 해도 봄풀이 가득 자라 있구나. 안개가 피어 봄 햇빛은 어슴푸레한데, 수백의 돌로 쌓은 궁이 있던 터를 보니 서글프도다.

답가

잔물결 치는 시가滋賀의 가라사키唐崎42) 변함없지만 궁중 사람들 배를 기다리다 지쳤네.

さざなみの滋賀の辛崎幸くあれど大宮人の舟待ちかねつ

잔물결 치는 시가의 오와다大輪田43)는 흐르지 않고 있어도 옛사람들 만날 수 있을런가.

樂浪の滋賀の大輪田淀むとも昔の人にまたも逢はめやも

라고 노래했는데, 야마토에서 오미로 천도했다고 하는 그 대궁전의 자리가 이 근처인 것만 알 뿐 풀만 자라나 있어서 슬픈 일이라며 도읍의 추이를 탄식하고 있다. 거듭 답가에서도 언제까지고 기다려

---

40) 지금의 시가 현(滋賀縣)을 이르는 옛 지명.
41) 시가 현 남서부의 비와코(琵琶湖) 호수 남서쪽의 도시로 예로부터 수륙 교통의 요지.
42) 시가 현 오쓰의 북서부, 비와코 호수 쪽의 지명으로 오미 팔경(近江八景)의 하나로 유명한 곳.
43) 오쓰 가라사키의 남쪽, 비와코 호수가 만곡(湾曲)된 부근을 일컫는 옛 지명.

도 궁궐 사람들의 배를 기다리는 보람이 없어졌다, 시가의 오와다 물이야 옛날 그대로 괴어 있지만 옛 사람과는 다시 만날 수 없으리라고 말한다.

동양인의 자연감각

이러한 쇠망한 자의 애수는 동양인 특유의 사상이자 자연에 대한 감각은 황량의 선율이며, 그 멜로디의 흐름은 신라의 고도인 경주뿐 아니라 일만 이천 봉의 금강산 속에도, 부여 땅에도, 나아가 조선의 남쪽과 북쪽 도처에 충만하며 풀을 베개 삼는 나그네에게도, 고적을 순례하는 자들에게도, 자연을 애호하는 행각자들에게도, 선율의 힌트를 줄 수밖에 없다. 나는 조선의 산하와 친숙해지고 그것을 노래하는 것은 민둥산들이 초록으로 덮이는 것도 아니고, 산미 수확량을 증가시키는 것도 아니며, 수리사업을 확장하는 것도 아니지만, 이러한 자연 찬양과 황량함에 대한 동경에 기초하는 것임을 부기하며 이 수필의 책무를 다하고자 한다.

그러나 이러한 자연에 대한 동경이 우리의 생활의식 전부를 지배하지 않는 것은 새삼 말할 필요도 없다. 이것은 내가 자연, 특히 조선 반도 산하에 대해 갖는 특별한 기호이기는 하지만 동양인의 예술심리에서는 자연스러운 것이라 본다.

이 원고를 끝내려던 즈음에 만선滿鮮 여행을 마치고 미카게御影44)로 돌아가신 가와다 씨로부터 이러한 경주관을 담은 연락이

왔다.

　"……불국사 경내에서 달빛을 보며 있었던 한 시간 정도의 그때 심정은 무엇에도 비할 수 없었습니다. 건조한 그 나라의 하늘은 어디까지고 맑아서 밤의 달이 이대로 영원히 밝게 빛나, 낮이 다시는 오지 않는 게 아닐까 여겨질 정도의 심정이 들었습니다. 약간 센티멘탈한가요? 그저 한 번 웃고 넘겨주시기를……"

　가와다 씨는 나와 마찬가지로, 아니 어쩌면 다른 시가의 경지에 서였을까? 고도 경주에 대해 이런 깊은 집착이 있었다. 그리고 가와다 씨의 풍부한 노래 주머니에 고이 간직된 조선 반도의 산하는 건조한 이 나라 하늘의 맑고 황량한 선율 그 자체였으리라 생각하며, 와카야마 보쿠스이 씨든 오노에 박사든, 또한 이 나라와 인연이 깊은 호소이 교타이細井魚袋[45]) 씨도 어쩌면 나의 이 기분, 황량한 자연에 대한 동경에 공명해 주실 것이 틀림없으리라.

---

44) 효고 현兵(庫縣) 고베 시(神戸市) 히가시나다 구(東灘區)의 일부 지역의 명칭.
45) 호소이 교타이(細井魚袋, 1889~1962년). 가인이자 관리. 지바 현(千葉縣) 출생. 오노에 사이슈에게 사사하고 조선으로 건너와 1923년 경성에서 단카 잡지 『진인眞人』을 창간. 이듬 해 도쿄로 돌아가 도쿄의 진인사를 설립하고 만년까지 『진인』을 주재함.

조선 황록黃綠 풍경도

• 난바 센타로 •

●난바 센타로●

난바 센타로難波專太郞(1894~1982년). 경성철도학교 교수.
오카야마 현岡山縣 출생. 1921년 도요東洋대학 문학부 지
나支那철학과 졸업. 대학 졸업 후 조선총독부 경성중학
교의 교유敎諭, 1924년에는 철도종업원양성소로 옮김.
조선철도독본朝鮮鐵道讀本 편찬간행 상임간사. 조선 재주
중에『조선풍토기朝鮮風土記』를 저술하여 간행. 1931년
도쿄로 돌아가 평론가 지바 가메오千葉龜雄에게 사사, 헤
이본샤平凡社에서 근무. 이후 구제旧制 도쿄중학교 등에
서 교편을 잡음. 잡지『문학탐구文學探求』를 주재. 전후
1947년부터는『미술탐구美術探求』를 창간하여 27년간
주재. 미술평론가로서 활발한 활동. 미술평론가연맹 회
원.『요코야마 다이칸橫山大觀』,『가와이 교쿠도川合玉堂』,
『마쓰바야시 게이게쓰松林桂月』,『마에다 세이손前田青
邨』,『가타야마 난푸堅山南風』등 근대 일본 화가들에 관
한 저서가 많음.

조선 황록黃綠 풍경도

   나는 일본에 있을 때 가노 파狩野派46)의 그림을 보고, 하늘에 닿을 정도로 솟은 절벽의 중턱에 흰 구름이 걸리거나 물속에서 떠오른 듯 숲의 머리만을 그리거나 산 정상만을 그리거나 한 취향을 보고, 그것이 분명 시미詩味가 있는 착상임에는 분명하지만, 자연과는 꽤 동떨어졌다는 느낌을 가졌다. 인위적으로 만든 듯한 마음에 딱 들어오지 않는 불쾌감을 느꼈다. 또한 단순히 전체로서의 그러한 취향 구도 혹은 배치에 대해서만 위와 같은 불쾌감을 품었을 뿐 아니라, 수목을 그리는 기법이나 산 및 암석의 주름을 그리는 수법에 대해서도 마찬가지로 마음이 썩 가지 않는 느낌을 금할 수 없었다.

   하지만 조선에 와서 그러한 의혹이나 불쾌감을 일소할 수 있었다. 적어도 그러한 고의적인 듯한 표현형식, 고의적인 듯하다고 간단히 치부할 수 없는 심정이 이식되었다. 무슨 말인고 하니 조선의 자연에 접하고 예전에는 몹시도 고의적이라고 여기던 가노 일파의

---

46) 일본 회화 역사상 최대의 화파로 가노 마사노부(狩野正信)를 시조로 하여 15세기부터 19세기까지 활동한 전문 화가집단.

구도나 묘법에 적잖이 사실적 생명을 느꼈기 때문이다. 조선 자연의 도처에 가노 파가 가진 독자적인 선이나 형태가 드러나 있었다.

조선이라고 하면 누구나 이야기로도 듣듯 일본과는 여간 아니게 그 정취가 달라서 들이고 산이고 나무가 적고 왠지 모르게 스산하기는 하지만, 호우에 흙이 씻겨 흐르고, 높은 산 같은 데에는 거뭇거뭇 뾰족한 바위들이 노출되며, 어떨 때는 거대한 두개골이 푸른 하늘에 우뚝 솟은 듯 너무도 웅대하고 장엄하다. 이러한 웅건하고 호방한 점은 가노 일파의 특색이다. 그 첩첩이 겹친 바위 밑동의 험준한 사이로 봄에는 철쭉이 단장을 하고 가을에는 담쟁이덩굴과 단풍이 붉게 석양을 흡수하며, 행락객으로 하여금 하루의 흥을 더하게 한다. 또한 아침에는 왕왕 짙은 안개가 그러한 산골에 걸려 어떨 때는 내려가지 않고 머무르는 바람에 한층 더 흥취를 돋운다. 산허리에 마치 띠라도 두른 듯 안개가 흐르거나 정말 말 그대로 안개 속에서 산봉우리만이 불쑥 올라와 있는 광경은 가노 파가 자주 취한 그림 소재이자 또한 취향이다. 특히 단유探幽47)나 쓰네노부常信48)의 시기에 자주 보게 되는 그림이다.

노구치 요네지로野口米次郎49) 씨에 따르면 런던의 겨울은 꽤 안개

---

47) 가노 단유(狩野探幽, 1602~1674년). 에도(江戶) 시대의 화가로 가노 가문의 시조. 담백한 화풍으로 수묵화와 채색화 등 폭넓게 활약.

48) 가노 쓰네노부(狩野常信, 1636~1713년). 에도 시대의 화가로 가노 파의 양식을 집대성.

49) 노구치 요네지로(野口米次郎, 1875~1947년). 시인 겸 가인. 게이오 의숙(慶応義塾)을 중퇴하고 미국으로 건너가 영시를 공부. 귀국 후 교편을 잡았으며 시, 단카, 평론 등에서 활약.

가 심한 듯 그의 저서 『안개의 런던霧の倫敦』안에 다음과 같은 문장이 있다.

"나는 어느 날 아침 모뉴멘트 정류장을 나서서 비숍스 게이트를 향해 걸었다. 묵직한 것이 물고기라도 된 것처럼 헤엄이라도 치고 있는 게 아닐까 의심스러울 정도의 짙은 안개가 좁은 도로를 흐르고 있다. 머리를 들어 올리니 양측의 높은 건물이 마치 귓속말이라도 하고 있는 것처럼 양쪽에서 어깨를 가까이 대고 있다. 그리고 그 안개 속을 돈에 굶주린 이매망량魑魅魍魎 온갖 도깨비들이 달리고 있다! 이것은 겨울 런던의 가장 특징적인 광경이다."

안개가 바닥에 자욱이 깔린 시가의 정경이 유감없이 묘사되어 있다. 특히 '묵직한 것이 물고기라도 된 것처럼 헤엄이라도 치고 있는 게 아닐까 의심스러울 정도의 안개'라니, 흘러가는 안개의 관능적 감촉을 표현하기에 안성맞춤인 듯 여겨진다. 하지만 이러한 감촉과 암시를 받는 것은 비교적 안개가 옅을 때의 일이며, 한층 더 깊어지면 자기를 중심에 두고 사방으로 세 자尺밖에 보이지 않는다. 나무나 돌이 얇은 비단에 배인 듯이 보일 뿐이며 만약 저쪽에서 사람이라도 오면 바로 코앞으로 슥 떠오른 듯이 나타났다가 곧바로 뒤로 사라져 버린다.

구름 속에 떠 있기라도 한 건가 이상한 기분이 드는가 싶으면, 혹여 안개가 녹아 무너지는 쪽은 몇 천 자 낭떠러지로 곧장 떨어지게 되는 것은 아닐지. 그렇지 않으면 이 안개가 일시적으로 응결해서 불투명한 유리 안의 미라처럼 되는 것은 아닐지 등등 약간 병적인 느낌마저 일어난다. 이러한 안개 속에서 사방 세 자밖에 보이지 않는 세계에 있으면 산이나 숲을 감상이고 뭐고 아무것도 할 수 없지만, 앞서서 말한 것처럼 내가 있는 부근에 그런 안개도 없는데 멀리 들판 끝자락에서 산록에 걸쳐 안개가 하얗게 머무르며 산 정상만이 짙은 곤색으로 불쑥 튀어올라 보일 경우가 있다. 마치 바닷물이 밤사이에 뭍으로 살며시 들어온 것인가 의심되듯이. 그런 때에 산봉우리들은 바닷속의 작은 섬처럼 때로는 공중에 높이 부유하는 것처럼 보여 실로 재미있다. 이러한 광경을 접했을 때 나는 항상 신화의 세계를 상상한다. 그리고 또한 거기에 전설적인 혹은 지어낸 이야기 같은 흥미를 품게 되는 것이다. 이 풍치는 조선의 가을이 가진 한 특색이다.

옛날부터 온통 구름에 싸인 후지산富士山의 장관은 대단한 것으로 인식되었다. 예를 들면

후지산 아래 산록을 빠져나와 가는 구름은 아시가라야마50)의 봉우리에 걸리네.

ふじのねの麓を出でてゆく雲はあしがら山のみねにかかれり51)

---

50) 가나가와 현(神奈川縣) 서쪽에 위치하여 시즈오카 현(靜岡縣)과 경계에 있는 산지.
51) 가모노 마부치(賀茂眞淵)의 와카. 가모노 마부치(1697~1769년)는 에도 중기의 국학자이자 가인으로 고전을 연구하고 복고주의를 제창했으며 모토오리 노리나가(本居宣長)는 그의 문인.

짐작하고 본 하얀 구름은 사실 밑자락으로 생각지 못한 쪽에
솟아 있는 후지산.
心あてに見し白雲はふもとにておもはぬ方にはるる富士のね[52]

이라고 옛사람들도 단카를 남겼다. 이러한 풍치가 조선에서는 가을
에서 겨울에 걸쳐 자주 출현하는 것이다. 조선에는 밤나무 숲이나
포플러, 아카시아나 낙엽송 등이 많다. 포플러나 낙엽송과 같은 누
런 잎은 실로 화려하고 아름다운 새가 꼬리를 들어 올린 것처럼 높
이 높이 직립한 황금 숲의 옷자락을 두르고 있으며, 솔을 들고 가
로로 그린 듯 일련의 안개가 하얗게 걸리고, 붉게 칠한 비각碑閣의
차양이 물에 뜬 것처럼 보이며, 까치가 두세 마리 깍깍 울면서 서
로 얽혀 난다. 이는 기교가 화려하고 아름다우며 섬세하고 우미하
여 도사 파土佐派[53] 그림이라도 보는 기분이 든다.

　일본의 과거 문학은 결코 '단풍'을 업신여기지 않았다. 적어도
시문에 다소라도 기호를 가진 정도의 사람이라면 '단풍의 아름다
움'에 관심을 갖지 않은 자는 없었다고 해도 좋으리라. 용감함과
비통함, 살벌한 일들을 기록한 『태평기太平記』[54]의 작자일지언정

---

52) 무라타 하루미(村田春海)의 와카. 무라타 하루미(1746~1811년)는 에도 후기의 가
　　인이자 국학자.
53) 일본 회화의 한 유파로 야마토에(大和繪) 양식을 계승한 화파. 도사 미쓰노부(土佐
　　光信)에 의해 확립되었으며 가노 파와 더불어 에도 시대 말기까지 일본화의 이대
　　유파로 칭해짐.
54) 40권짜리 군기 모노가타리(軍記物語)로 약 50년에 걸친 남북조(南北朝) 동란의 역사
　　를 그린 14세기 후반 성립의 작품.

'슬픔'을 주로 하여 서술한 「도시모토 아손이 관동으로 하향한 일俊基朝臣俊基朝臣再び關東下向の」55)에서 '단풍의 비단옷을 입고 돌아간 산바람 세게 부는 가을의 저녁'이라고 한 번쯤은 단풍을 사용하지 않을 수 없었던 것이다. 또한 나아가서는 낙엽수림의 리듬이 갖는 아름다움을 역설한 구니키다 돗포國木田獨步56)도 있다. 그는 재래의 시인들이 시각미를 노래한 것에 대해 낙엽수림에 잠재한 청각미의 세계를 발견하고 거기에서 한없는 생명을 느끼며 마침내 눈을 감고 단풍의 율동에 감격한 시인이었다.

하지만 일본 가을의 주역은 '단풍'이 아니라 오히려 '참억새'가 아닐까? 예로부터 평민문학 혹은 대중문학으로서 온갖 계급이 좋아한 것은 말할 것도 없이 하이카이俳諧였지만, 이 하이카이의 영역이라는 것은 주로 화조와 같은 자연이다. 그 중에서도 가을의 풀들은 제각기 시인의 마음을 끌어당겼을 것이며 싸리, 참억새, 패랭이, 여랑화女郎花를 비롯하여 일곱 가지 풀이 거론되는 정도이다. 하지만 가령 싸리는 이슬을 머금고 가지가 휙 아래로 늘어져도, 하얀 강변에 패랭이가 살랑살랑 피어도, 더 나아가 들판에 버려진 해골의 움푹 들어간 눈에 여랑화가 피어도, 참억새가 없는 이상 가을은 도저히 성립되지 않는 느낌이다. 가을 들판 특유의 원시감이 일지

---

55) 『태평기』 제2권의 한 단으로 특히 모두(冒頭)의 7·5조의 장중하고 화려한 도정(道程)의 문장이 유명.

56) 구니키다 돗포(國木田獨步, 1871~1908). 소설가이자 시인. 지바 현 출신으로 낭만적 자연관과 인생관, 자연주의적 인생비평의 작품으로 유명하며 『무사시노(武藏野)』 등이 대표작.

않는다. 연못 주변의 작은 냇가 근처 넓은 평야에 참억새가 붉은 이삭을 드러내거나 혹은 하얗게 보풀어 있으면 달에도 좋고, 이슬에도 좋으며, 바람에도 좋고, 행각승에도 좋다. 패배한 무사들의 대오에도 아랑곳 않고 떨어지기에 좋은 것이 바로 억새다.

이렇게 일본의 가을 주역이 억새인 것에 비해 조선은 역시 포플러다. 여기에서 하나는 풀의 가을이고 또 하나는 나무의 가을이다. 조선에 억새가 없는 것은 아니지만 골격을 드러낸 산, 황폐한 들, 그리고 황량하고 멀기는 하지만 전체적으로 그림 구도가 큰 조선에서는 황금색 포플러가 너무도 그 통일감을 잘 부여하고 있다고 보인다. 말할 것도 없이 조선인은 갓을 쓰고 흰 옷을 입는 것이 그 풍속이다. 특히 그 걸음걸이가 느릿느릿하지 않은가. 이 흰 옷을 입은 자들의 대범한 발걸음이 얼마나 조선의 자연에 어울리는지. 황금색 포플러와 잘 어울리는지.

이쯤에 이르러 나는 조물주가 결코 무책임하지 않다는 사실을 절절히 느끼게 된다. 쓸쓸히 바람 부는 억새 들판에서야말로 종종걸음으로 서두르는 검은 염색옷의 일본 스님이 어울리겠지만, 여기에 흰 옷 입을 사람을 배치한다면 그저 '죽음의 나라'를 연상시키는 것에 불과할 것이다. 아무리 봐도 저세상으로의 여행길로밖에 여겨지지 않을 것이다. 길을 가는 흰 옷 입은 사람들이 죽어 있다면 너무도 차갑고 지나치게 오싹하지 않겠는가? 그에 반해 푸르고 높으며 맑게 갠 하늘에 비친 포플러의 황금색에 흰 옷 입은 사람들의 출현은 속세의 기운을 떠난 느낌이 들어 몹시도 가슴을 친다.

신선의 나라라는 신비한 느낌과 고전 취향을 느낀다. 또한 인격 고결한 선비가 굳이 명성을 구하지 않고 야인으로 고고히 지내는 듯한 고상함을 느낀다. 어쨌든 포플러의 황금색과 안개의 흰 색은 조선 가을의 풍치를 얼마나 변화 있게 만들고 또한 화려하게 만드는지 모른다.

나는 원래 봄을 좋아하지 않고 동시에 겨울도 또한 그리 좋게 여기지 않는다. 그래서 결국은 항상 같은 결론에 도달하는데, 계절적으로는 역시 초여름과 가을을 가장 좋아한다. 특히 조선에서는 그런 느낌이 한층 더 강하다. 조선의 산야는 대체로 땅이 메마르고 돌이 빼어나며, 소나무나 삼나무 같은 상록수가 부족한 대신 버드나무나 포플러, 아카시아나 낙엽송 같은 나무들이 사월부터 오월에 걸쳐 일제히 그 발랄함을 드러낸다. 손톱처럼 솟아오른 옅은 새싹은 곧 초록으로 변하고 또한 나무에 따라서는 남색에 암록색까지 그 잎을 무성하게 만들어 산야를 물들이는 것이다. 하늘은 쪽빛을 띠고 얼굴이라도 비칠 듯 아주 맑게 개어 있다. 조선에서는 가을 하늘이 높고 아름다운 것은 말할 필요도 없으려니와 초여름도 또한 비취와 같이 아름답게 개어 있다. 하늘이 아름다운 것과 마찬가지로 가을과 초여름 무렵에는 공기가 아주 맑아 먼 산이나 숲이 이삼 리 정도 가깝게 보인다. 이러한 아침의 좋은 기분은 뭐라 형용할 수 없다.

일반적으로 시야가 부옇게 흐린 듯 느껴지는 것만큼 불쾌한 일은 없다. 그것이 먼 산의 골짜기들, 봉우리의 나무들까지 헤아릴 수 있을 정도로 또렷이 가깝게 보이는 유쾌함은 건전함 그 자체의 희열이자 행복이다. 맑은 공기, 너무도 맑아 남색 비라도 내릴 듯한 하늘, 그 아래에 생생하고 푸른 어린잎들이 무성히 자란다. 물이 향하는 대로 내버려두고 인공적인 둑 같은 것을 쌓지 않는다. 극히 자연스러운 강의 양 기슭 여기저기에 버드나무는 줄줄이 가지들로 나무줄기를 숨기고, 산록에 낙엽송이나 포플러는 가능한 한 높이 자라올라 언덕을 둘러싸며, 아카시아 나무는 어두침침할 만큼 무성히 자라 무수한 흰 꽃을 달고 있다. 그 꽃들은 조용하고 얌전하게 고상한 향을 미풍과 함께 꽤 멀리까지 나른다. 모든 나무들의 잎이 금박으로 변하고 또한 저녁 해를 받아 마치 황금빛 도깨비불에 타는 듯한 가을 광경에 비해, 초여름 푸른 나무가 울창하고 위에 유리 벽옥 같은 하늘이 열려 사람들의 마음을 상쾌하게 만드는 신선 나라의 멋이다. 전자는 따뜻한 색이며 후자는 선선한 색이다. 한쪽은 사람 마음을 발양시키고 한쪽은 사람 마음을 청정하게 만든다. 그리고 황록 모두 희열을 준다는 점에서 동일하며 모두 속세와 동떨어진 광경을 보여 준다.

거듭 말하지만, 황금색이 나를 기쁘게 하고 마음을 정화시킴과 동시에 정반대의 색채이기는 하지만 녹색이 또한 나를 기쁘게 하고 내 마음을 정화한다. 이 두 희열의 색채를 갖추고 또한 영롱한 옥같은 하늘을 부여받은 조선은 실로 행복하다. 일본에서도 가을이 되면 흔히 일본 가을날日本晴れ이라고 하여 하늘은 한 점의 구름도 없고 아주 맑아서 감청색 아름다운 하늘을 드러내는 일이 종종 있

고, 이탈리아 같은 곳도 하늘이 푸르고 아름답다고 한다. 이 아름다운 하늘이 있기 때문에 일본이나 이탈리아는 북유럽 사람들로부터 부러움을 받지 않는가? 이탈리아나 일본이 다른 나라로부터 풍광이 밝고 아름답다고 칭해지는 것은 단순히 그 산의 모양이나 수림의 수려함만이 아니라 그것으로 하여금 그것답게 만드는 하늘의 명징함이 있어서임을 잊어서는 안 된다. 이처럼 사람들이 부러워하는 감청색 하늘, 조선은 이것을 소유하고 있지 않은가? 일본 가을의 맑은 하늘도 결코 아름답지 않다고는 말할 수 없지만, 아직 어딘가 투철함이 결여되어 있다.

옛날부터 파랑이나 초록의 아름다움을 알지 못했던 것처럼 장대한 미를 이해하는 힘이 부족했던 것 같다. 어느 샌가 바다나 산은 넘기 어려운 무서운 것이 되어 버렸고 슬픈 것, 그윽한 것, 의지하지 못할 것과 같은 여성적인 것에 대해서 묘하게 흥미를 갖게 되어, 웅건하고 광대하며 장엄한 남성미에 대해서는 충분히 음미하기 어려웠던 느낌을 금할 수 없다. '거친 바다여 사도佐渡섬에 가로로 누운 은하수荒海や佐渡に横たふ天の川'.[57] 이러한 호방하고 웅대한 감상은 하이쿠 역사상에도 와카의 역사상에도 많지 않다. 그리고 거의 우상적으로 벚꽃을 애호하게 되었는데 ─ 그렇다고 해도 벚꽃에 대해 진정 미적 생명을 느끼는 것은 아니지만 ─ 신록의 미를 느끼는 자는 적다. 신록과는 다소 그 범위가 다르지만, 한 걸음 양보해

---

57) 기행(紀行) 하이쿠집(俳句集)인 『오쿠로 가는 작은 길(奥のほそ道)』을 대표하는 마쓰오 바쇼(松尾芭蕉)의 유명 하이쿠.

서 '푸르름'이라는 넓은 시야에서 일본인이 즐겨보는 소나무에 관해 생각해 보건대, 소나무에 대한 일본인의 감상도 거기에는 여간 아닌 불순한 무언가가 혼입되어 있지 않은가? 즉 소나무는 천년 동안 그 색이 변치 않는다는 교훈적인 생각에서 온 무리스러운 점이 있다. 그것은 버드나무가 바람이 부는 대로 나부끼며 다투지 않는 모습을 처세의 가장 중요한 방식으로 이해하거나 순종의 미덕을 이해한다는 것에 의해 버드나무를 애호하는 것과 같은 생각이다. 정원사들은 축산築山을 할 때나 가옥의 주위에 한두 그루의 소나무는 없어서는 안 된다고 말하지만, 그것은 소나무가 가지는 '푸르름'을 애호하는 것이 주가 아니라 오히려 이와 같은 교훈적 의미에서이거나, 아니면 나뭇가지나 줄기의 선미禪味, 아주 오래된 나무로서의 맛에 관심이 끌려서이다.

그래서 천년 동안 부월斧鉞을 하지 않는다는 대삼림에는 크게 관심을 갖지 않는 것이다. 일본인처럼 봄꽃에 대해서는 그다지 소란을 떨지 않지만, 거기에 가면 독일 사람이나 프랑스 사람은 청록의 미에 마음이 끌린다고 한다. 일본인이 암석을 놓고 땅을 파서 산수를 배치하는 기술에 능한 데에 비해, 저 영미 사람들은 광대한 잔디밭을 만드는 데에 탁월하다. 전자는 풍운風韻이고 후자는 초록의 아름다움 그 자체에 관한 것이다.

이야기가 여담으로 흘러갔지만, 조선의 느긋하고 압박하지 않는 산야를 무대로 하여 청록이 넘치는 광경은 오랜 동면의 뒤라고는 하지만 실로 장관이다. 그 뚝뚝 떨어질 듯한 신록의 아래를 느긋하

게 흰 옷 입은 사람들이 지나다니는 것이다. 완전한 청량함과 아치
雅致, 그 멋은 수채화로서도 남화南畵[58]로서도 좋은 그림의 소재일
수밖에 없다.

— 끝

---

58) 남종화라고도 하며, 그림에 비직업적인 문인들이 수묵과 담채로 내면을 표현한 그
림을 일컬음.

조선 민요에 나타난 자연의 일면

●다나카 하쓰오●

● 다나카 하쓰오 ●

다나카 하쓰오田中初夫 교사, 시인, 작사가, 민요 연구가
1925년부터 1932년까지 경기도 여러 공립학교에서 훈
도訓導, 교유敎諭를 거치며 교편을 잡았고, 1937년에는
총독부 도서관의 촉탁으로 근무한 기록이 있다. 교직에
있는 동안 『조선의 교육연구朝鮮の敎育硏究』, 『조선 및 만
주朝鮮及滿州』, 『문교의 조선文敎の朝鮮』 등의 주요 일본어
잡지에 조선의 민요와 음악에 관한 논을 다수 발표하
였다. 1920년대 중후반에는 조선 민요를 활발히 수집
하고 채보採譜하였으며, 조선 민요를 주로 하는 전문 잡
지 『황조黃鳥』를 간행했던 것으로 알려졌다. 또한 여러
메이저급 일본어 잡지의 시, 민요, 고우타小唄 등의 모
집 난欄의 선자選者의 역할을 하였다. 중일전쟁 이후 태
평양전쟁에 이르기까지의 일제 말기에는 「황군전승가
皇軍戰勝歌」나 영화 『너와 나君と僕』의 주제가를 작사하는
등 작사가로서의 활약도 눈에 띈다. 1940년대에 들어
국민시가연맹國民詩歌連盟의 기관지 『국민시가國民詩歌』에
서도 시론과 창작 시 발표에서 두각을 나타내었으며,
1943년에는 조선문인보국회朝鮮文人報國會가 결성될 때
김억, 정기용 등과 함께 시詩부회의 평의원에 임명된다.

조선 민요에 나타난 자연의 일면

　나는 이 글을 읽어주시는 분들에게 다음과 같은 점을 미리 양해 구하고자 한다. 이치야마 씨에게 표제의 논을 쓰기로 약속했지만, 표제 대로의 좋은 글을 쓸 수가 없었다. 내가 구해둔 재료와 한달 정도의 시간을 들여 어느 정도까지 쓸 수 있을 것이라 생각했는데, 재료 정리 상의 오류와 예상 이외로 너무 바쁜 생활 때문에 생각대로 깊이 사색을 할 수가 없어 비근한 재료를 단순히 나열하는 것에 불과하게 되었다. 또한 여기에 예로 든 재료는 경기도 및 강원, 충청남도 일부에 걸쳐 경기도 공립사범학교의 생도 제군들이 수집하고 또한 번역한 것이다. 내가 조선말을 제대로 공부하지 못한 것과 신변의 잡사들 때문에 엄밀하게 교정할 여유가 없었다. 본고가 갖추어져서 친구에게 일단 교열을 받았지만 창졸간이어서 충분하지는 않았다. 따라서 번역은 통일성이 부족하고 어쩌면 부정확한 점이 있겠지만 불쾌하게 생각하지는 말아주기를 부탁한다. 나의 소견보다도 이 재료들을 제공하는 쪽에 관심을 갖기 바라며, 노래 끝의 괄호 안은 도道 및 군郡이다. 이들 중에는 다른 여러 군이나 혹은 도 전체, 조선 전체라고 되어 있는 것이 있는데, 임시로 수중 재료들의 수집 지명 중 하나를 골라 그에 따랐다.

자연 찬미의 문학은 대체적으로 동양에 많은 것으로 여겨진다. 자연 그 자체에 동화되어 버린다고 할까? 자연과 나의 경계가 없어지는 경지를 기록한 것은 왕유王維59)나 연명淵明,60) 사이교西行,61) 바쇼芭蕉와 같은 시인들이 두말할 나위도 없이 그 종가라고 할 수 있는데 어쨌든 동양에 많은 듯 보인다. 서양 학자들에게는 민요라고 하면 서정시로 한정해 버리고 순수한 서경시를 인정하지 않는 듯한 경우도 있지만, 동양에서는 이러한 사고로는 잘 수습되지 않는 경우들이 있다.

　　높은 산으로부터 골짜기 아래 보니 오만이 귀엽구나 천을 말리네.

　　高い山から谷底見ればお萬可愛いや布さらす62)

는 서양식으로 해도 지장이 없지만,

　　높은 산으로부터 골짜기 아래 보니 참외와 가지들의 꽃이 활짝 펴.

　　高い山から谷底見れば瓜や茄子の花盛り63)

---

59) 왕유(王維, 699?~761?년). 중국 당나라의 시인이자 화가. 자연 시인의 대표격으로 꼽히며 남종화의 창시자로 일컬어짐.
60) 도연명(陶淵明, 365~427). 중국 동진의 시인. 이름은 잠(潛)이고 호는 오류선생(五柳先生). 자연을 노래한 시가 많으며, 당나라 이후 육조(六朝) 최고의 시인으로 칭송됨.
61) 사이교(西行, 1118~1190년). 12세기 헤이안(平安) 말기의 가인, 승려. 원래 무사였으나 23세에 출가. 생애 대부분 방랑 여행을 하였으며 벚꽃과 달을 읊은 노래가 많음.
62) 야마나시 현(山梨縣)에서 전해지는 글자수 7/7/7/5의 민요풍 도도이쓰(都々逸).

에서는 서정미 같은 것이 그다지 있는 편은 아니다. 그러나 민요로서 충분히 멋지게 불린다. 이 예는 일본 것이지만 그리 많지 않은 내 수중의 조선 민요에서도 발견할 수가 있다.

　(1) 짹짹짹 하나 둘, 짹짹짹 넷 다섯, 울타리 아래 말라 비틀어진 복사꽃 줄기에 참새가 한 마리, 이 가지에서 저 가지로 몇 자나 되려나 재어가면서 날아다닌다.(강원·원주)

　(2) 따스한 봄이 오면 빨강 노랑 봉오리, 파랗고 파란 풀잎, 따스한 봄이 오면 여기저기 새소리 여기저기 나비 춤춘다.(경기·경성 및 부근)

등은 단순한 서경시일 것이다.

　우리는 대체 자연과 사람 중에 어느 쪽으로 우리의 시정을 많이 기울이는 것일까? 아니 그렇게 말하기보다는 어느 쪽에 먼저 눈을 향하게 될까? 섣불리 이것을 결정할 수는 없지만 나는 이렇게 생각한다.

　우리가 태어나 맨 먼저 눈을 향하는 것은 사회로서의 인간세계일 것이라고. 하지만 사회를 발견하는 것은 꽤 성장한 이후의 일이라 그저 단순한 인간애 속에 잠겨 있는 정도일 것이리라. 이 정도의 인간애는 우선 근친에서 시작된다.

---

63) 나가노 현(長野縣) 남서부 기소(木曾)에 전하는 추임새 노래로 덴구(天狗) 노래라고도 일컬어짐.

(3) 우리 아버지 가시는 곳에는 소주 탁주 많아라, 우리 어머니 가시는 곳에는 옷감 많아라, 우리 누이 가는 곳에는 분 많아라, 우리 오라버니 가는 곳에는 황금 많아라, 옆집 숙모 가는 곳에는 호랑이 앉아 있어라.(경기 · 부천)

이윽고 이것은 우리들 주위의 자연을 향해 변화하게 되는 것이다. 동요 중에는 이러한 종류의 것들을 볼 수 있다.

(4) 달팽아 달팽아, 돈 한 푼 줄 터이니 춤을 춰라 춤을 춰, 네 아비는 하늘에서 큰북 치고, 네 어미는 춤 춘다.

우리 생활이 가까운 곳에서 먼 곳으로 이르는 것은 심리학적으로 성장 과정을 볼 때 수긍할 수 있다. (3)의 노래처럼 옆집 숙모에 대해서는 혐오의 정을 보이면서까지 가까운 자를 아끼는 이야기인데, 뒤집어서 자연을 볼 때 자연의 생활은 자기 생활 속에 포함되어 해석된다. (4)의 달팽이 부모 중 그 아비는 북을 치고 어미는 춤을 추는 점에서 하나의 사회상을 반영하는 것이다. 마찬가지의 것에 다음과 같은 노래가 있다.

(5) 기러기야 기러기야, 앞에 가는 것은 대장, 뒤에 가는 것은 양반, 그 뒤에 가는 것은 도둑.(경성)

이것은 노래 내용이야 (4)와 완전히 다르지만, 자연과 인사가 혼일되어 거기에 인간사회가 그대로 드러난다. 이윽고 자연은 친해져야 할 자연으로서 받아들이게 된다.

(6) 잠자리 잠자리 고추잠자리, 저쪽으로 가면 죽는다, 이쪽으로 오면 산다.(경성)

(7) 꿩아 꿩아 꿩아, 너희 집은 어디냐?
산 넘어 저쪽 숲속이 따뜻한 우리 집이다.
무얼 먹고 사느냐?
앞마당에 콩이 한 섬, 뒷마당에 겨가 한 섬, 아들 낳고 딸
낳고 명주 짜고 천 짜며 겨우겨우 산단다.(경성)

자연은 인간 세계와 크게 다르지 않게 된다. 이와 같이 자연에 대한 의식은 동요에 있어서는 인간에 대한 그것과는 구별되지 않는다. 그러나 이것은 단순한 혼동이 아니다. 곧 이 상태에서 다시 자연은 구별되지 않을 수 없게 된다. 우리는 민요라 칭해지는 자연 리요俚謠[64] 속에 어떻게 자연이 노래되는지에 주의해야만 한다.

자연은 친밀해져야 하는 것이다. 친밀해져야 하는 것은 아름다워야 한다.

(8) 에헤라 상사디야, 명사십리明沙十里[65] 해당화야, 꽃이 시든

___

64) 리요는 메이지(明治) 시대부터 1945년경까지 사용된 말. 민간에서 구전되는 노래, 시골의 노래 등을 가리켰으며 민요, 속요와 비슷한 의미. 전후에는 거의 사어(死語)화.

다고 해서 슬퍼마라, 당명화의 양귀비라도 죽어버리면 모두 허사다.(경기·파주)

(9) 하늘아 하늘아, 나뭇잎이 춤춘다. 하늘아 하늘아, 꽃과 꽃이 입맞춘다. 하늘아 하늘아, 어디든 갈 수 있는. 하늘아 하늘아, 떠다니는 하늘의 바람. 너를 잃은 내 마음 쓸쓸하구나.(충남, 성환)

(10) 은실처럼 가느다란 봄비가 미묘하게 생긴 할미꽃 안에 소리도 없이 조용히 내려와 소꿉장난하면서 기뻐하누나, 나는야 나는야 가만히 그것을 보네.(강릉)

(11) 따뜻한 봄 좋은 때가 벌써 와 살구꽃이 피어서, 두견새 계속 울며 씨뿌리기 재촉하는구나. 잠든 농부여, 눈을 뜨고 논 갈고 밭 갈고 씨를 뿌려라. 어쩌나 어쩌나, 때를 지나 짬이 없어지면 어쩌나.(강원·화천)

(8)은 장례 때 부르는 노래의 일절인데, 명사십리라는 말은 여러 방면에서 사용된다. 함경남도에는 명사십리 명승지도 있는 모양인데 하나의 자연 전형일 것이다.

아름다운 자연은 우선 색채에서 시작된다. 색채의 미는 무엇보다 사람의 눈을 끌기가 쉽다. 더구나 그것은 문명인들의 중간색이 갖는 미가 아니라 원시적인 원색의 미이다. (2)노래에 인용된 색을

---

65) 곱고 부드러운 모래가 끝없이 펼쳐진 바닷가를 비유적으로 이르는 말로, 특히 함경남도 원산시의 동남쪽 약 4킬로미터 지점에 있는 모래사장이 유명하다.

보라. 빨강, 노랑, 파랑의 삼원색이다. (6)의 잠자리는 빨간 고추색을 한 고추잠자리였다. (8)의 아름다운 영화의 극은 겨자꽃의 홍색이다. (10)의 할미꽃은 꽃잎이 농염한 진홍이다.

(12) 백일홍이란 백일 동안 피어 있기 때문이지. 우리 부모님도 너처럼 백세 장수하셨으면.(경기 · 수원)

백일홍도 문자 그대로 홍색이다.

(13) 새야 새야 파랑새야, 녹두밭에 앉지 마라, 청포장수 울고 간다.(경기)

파랑새, 그리고 녹색을 띤 녹두, 붉은 꽃 등과 더불어 얼마나 감각적인가.

(14) 동무야 동무야, 어디에 모래성을 지을까. 푸른 기와로 건물 짓고, 흰 진주로 기둥 세워, 호박으로 들보 놓고, 청옥으로 인방 놓아, 황금으로 벽 칠하고, 수정으로 문을 달아, 부모형제 모셔다가, 천년만년 살고지고.

여기에서는 재력과 부유함을 따르기는 하나 근대적 감각마저 발견된다.

이러한 색조를 가진 자연은 놀기에 더할 나위 없이 좋다. 뱃놀이

노래에

　　(15) 강물로 술을 빚고, 밝은 달로 등불 삼아, 십리 명사길을
헤아려 두고, 취하지도 않으면 돌아갈 마음도 들지 않으리. 청산
이여, 저무는 달을 잡아다오. 남은 술을 두고 벗이 돌아가는 것을
애석해하네.(경기·수원)

라고 하는 것이 있다.
　색조는 감각적이지만, 다른 면에서는 그 형상에 대해 감각적인
자연을 발견한 점이 있다.

　　(16) 달아 달아 초승달아, 어디 갔다 이제 왔니. 새색시 눈썹
같고 노인네 허리 같구나.(경기)

　자연은 쉽게 친숙해지고 애틋한 것이지만, 거기에는 일월성신과
같은 천체, 혹은 천상天象이 먼저 노래되었다. (4)의 은하수, (9)의
하늘, (15)의 달과 같은 것이 그러하다.

　　(17) 푸른 하늘에는 별이 한 가득, 우리집 저녁에는 탈도 많구
나.(경성)

　　(18) 달 따러 가세, 별 따러 가세. 뒷집 할아버지 거시기 따러
가세.(경성)

(19) 달 따러 가세, 별 따러 가세. 서쪽 하늘나라로 한 목숨 빌러 가자꾸나.(경기·고양)

(20) 나무 심어 나무 심어 낙동강에 나무 심어, 그 나무 커서 열매 하나 맺혔는데, 무슨 열매 맺혔는가, 해와 달이 맺혔구나. 열매 하나 따 와서 해님으로 뒤를 대고 달님으로 앞을 대어 주머니 하나 만들어 내고…(이하 상세하지 않음)…(경성)

(21) 달은 따서 주머니를 만들고, 해는 따서 안에 넣어, 누이 남편 오시거든 드리려고 했는데, 부채 펴서 얼굴 숨기고 뒤돌아 있구나.(경기·광주)

(22) 온다 온다 비 온다. 기다릴 때는 오지 않고 쓸데없는 장맛비만 계속 내리네.(경성)

이러한 일월성신日月星辰 또는 비와 같은 것은 항상 소극적 이해이자 애무이다. 거기에는 그 안에 잠겨 즐거움을 향락하는 연약함은 있지만 움직이게 만드는 강력함은 없다. 강력한 자연으로서의 외경심은 보이지 않는다. 꽃을 보면 들판에 핀 작은 풀들이다. 새를 보면 나무 사이에 지저귀는 작은 새 종류이다. 항상 작은 규모를 좇는 자연의 세계이다. 그러면 자연은 상냥하게 우리 손안에서 놀게 되는 것이다.

(23) 가자 가자, 놀러 가자. 뒷동산에 놀러 가자, 꽃도 따고 소

꿉놀이도 하자. 거듭거듭 놀러 가자. 복동을 신부 삼아 흰분을 신랑 삼아, 꽃과 풀을 모아와서 조개껍질로 솥을 걸고 재미있게 놀아보자.(경성)

(24) 뒷동산의 할미꽃은 늙은 거나 젊은 거나 허리가 다 휘어있네.(경기·고양)

(25) 아주까리 동백아 열지를 마라 건넛집 숫처녀 다 놀아난다.(경기·수원)

(26) 누이 누이, 사촌 누이, 시집살이 어떠시오. 고추당추 맵다한들 시집살이보다 매우리오. 시집살이 삼년 나면 매화 같던 우리 딸이 미나리꽃 되었다오. 시집살이 삼년 나면 열두 폭 붉은 치마 눈물로 썩더이다, 세 폭 앞치마 콧물로 썩더이다.(경성)

(27) 외자 이름의 분 꽃, 돌의 분인가, 흙의 분인가, 녹의홍상의 화장인가. 석양에 저무는 해에 시간 찾아 알려주리. …(불명)…(경기·수원)

(28) 비야 비야 양귀비야, 당명화의 양귀비야. 금빛처럼 어여쁜데 어이 너는 그런 꽃이라 사흘째에 꽃이 지누, 짧은 목숨 아쉽구나.(경기·수원)

(29) 새야새야 파랑새야 대궐 안에 들어가서 은행 껍질 물어다가 바위 밑에 모았다가 오라버니 장가갈 때 청실홍실 느려주마.(경기·연천)

(30) 뽕 따러 가세, 뽕 따러 가세. 님도 보고 뽕도 따고 겸사겸
사 뽕따러 가세.(경성·파주)

교목이나 고목의 모습은 별로 많이 볼 수 없는 듯하다.
새나 동물을 보더라도 마찬가지이다.

(31) 기러기야 기러기야, 너 어디로 가는 게냐. 함경도로 가는
　　게냐, 무엇하러 가는 게냐.
　　새끼 낳으러 간단다.
　　몇 마리 낳았느냐.
　　두 마리 낳았단다.
　　나에게 하나 주려무나.
　　무얼 하려 하는 게냐.
　　구워 먹고 끓여 먹고 꽁지 꽁지 맡아 두마.(경성)

이 노래에는 기러기 대신 까치라고 부르는 종류도 있다. 여기에
서 보이는 것은 약한 것에 대한 강자의 뻔뻔한 착취다. 그래서 호
랑이와 같은 것은 늘 공포와 외경의 대상이다. (3) 노래에서나,

(32) 만첩산중萬疊山中 늙은 범 살찐 암캐를 물어다 놓고 이리
저리 굴리며 어르고 논다.
　광풍狂風의 낙엽처럼 벽해碧海 둥둥 떠나간다. 해는 서산에 지
고 달은 동쪽 마당에 올라.
　만리장천萬里長天 울고 가는 저 기러기 제비 후리러 나간다. 말

해 봐라 제비야. 동으로 가서.

　훨훨 내 집으로 돌아서 오너라.(강원·화천)

　이 도입부에 보이는 범은 사랑받지 못하고 무서운 것으로 간주
된다. 하지만 다른 데에서는 지극히 온화한 것으로 노래한다. (13),
(29)의 새, (7)의 꿩, (11)의 두견새, (1)의 참새, (4)의 달팽이, (6)의
잠자리 등 작고 약한 것이 많다.

　(33) 메뚜기야 메뚜기야 메뚜기야, 볏잎 먹지마라. 우리 부모
가 땀 흘려 지은 벼농사 네가 볏잎을 다 먹으면 우리 부모님 울
며 슬퍼한다. 폴짝폴짝 뛰는 놈을 잡아 손바닥에 놓고, 아침 먹을
쌀 담그고, 저녁 먹을 쌀 담그고, 잘도 짓는다, 기운 나게 잘도
짓는다.(경기·강화)

　(34) 저쪽 콩밭에 황금 잉어가 헤엄친다. 네가 아무리 헤엄을
잘 친들 술안주밖에 더 되겠느냐.(경기·강화)

　여기에도 약자에 대한 박해가 드러난다. 이들 중에 개만은 밤에
집을 지키기 때문인지 무서운 것들 속에 섞여 있다.

　(35) 할멈 할멈 문 여시오. 끼익끼익. 개를 쫓아내소, 이 개를.

　　수박 하나 주시구려.

　　갖고 가려무나.(강원·원주)

(36) 비녀 빼서 땅에 꽂고 귀이개 빼서 땅에 꽂고 리본 풀어 나무에 걸고 머리 풀어 부스스 산발하여 당신 어머니의 축하 떡 받으러 갔소. 노랑 개도 잘 자고 하얀 개도 잘 자고 바둑이도 잘 자고 털북숭이 개도 잘 자고 당신 아버님 꽃신을 사러 갔소. 업어도 멍멍 안아도 멍멍.(경기·광주)

새에서는 학이 좋은 것으로 노래된다.

(37) 우리 엄마가 나를 가졌을 때 죽순의 싹을 바랐는데, 그 순이 큰 대나무가 되고 큰 대나무 끝에 학이 앉아, 학은 점점 젊어가지만, 우리 엄마는 늙어가누나.(강원·원주)

내 수중의 재료에서 발췌한 예인데, 자연에 대한 소재는 이런 식으로 사용되고 있는 듯하다. 나는 다음으로 이러한 소재들을 어떻게 사용하는지 훑어보고자 한다.

조선은 고래로 중국 숭배까지는 가지 않더라도 이에 가까운 중국 문화의 영향 하에 성장했다. 그래서 중국류流의 냄새가 민요에까지 스며들어 있다. 유명한 '달아 달아 밝은 달아 이태백이 놀던 달아'라는 노래는 조선에 보편적인 것인데 이태백을 소재로 가지고 왔다.

(38) 쌍금 쌍금 쌍가락지, 두부 쌍금 납가락지, 앞마당은 꽃밭이요 뒷마당에는 연꽃 연못, 연꽃 연못 한가운데 초당草堂 있네,

초당 문을 활짝 열면 그림 같은 첩이 있네, 네 첩이냐 내 첩이다, 쌀뜨물이 가라앉은 첩인가, 반짇고리 실 첩인가.(경기·고양)

(39) 봉선화는 꽃피는 춘삼월 한창 필 때 서왕모西王母의 혼례 식 때 왕께서 만든 것이네. 내 방 뒷면 너른 마당에 옥토처럼 깨끗하게 땅을 일으켜 가득 심은 곳이 하룻밤에 새싹 나와. 아침 저녁 찬 이슬에 점점 더 컸네. 겉의 잎은 제쳐두고 안의 잎은 떼 어내어 백옥반白玉盤을 새겨 내서 초하루사 열어서 촛불에 희롱 한다. 느슨하게 묶지 말고 단단하게 묶어두렴. 하룻밤 자고 나면 내 손가락에 꽃이 핀다. 한 번 물들이고 두 번 물들여 검은 색이 드러나니 네 이름을 바꿔 짓자. 처녀화라 하자꾸나.(경기·수원)

이러한 예를 여럿 드는 대신 다음에 새타령이라는 것을 들고자 한다.

(40) 새가 날아든다. 온갖 잡새가 날아든다. 남풍 좇아 안 나가 면 구만리 장천에 대봉새, 문왕이 나 계시다면 기산조양岐山朝陽 봉황새, 무한기우無恨忌憂 깊은 밤 울고 남은 공작이 소상적벽瀟湘 赤壁 칠월야 알연장명戞然長鳴 백학白鶴이 뉘 계신데 소식 보낼까. 가인상사佳人想思의 기러기, 생증장액生憎帳額의 수고란繡孤鸞 어 여뽈사 채란彩鸞새, 약수삼천 먼 먼길 서왕모 청조새, 수복귀인壽 福貴人 석괴산石怪山에 소식 전하는 앵무새, 성성제혈聲々啼血 염 화지染花枝, 귀촉도 불여귀, 요서몽遼西夢에 취했다 놀라 막교지상 莫教枝上66)의 꾀꼬리, 만경창파 녹수상에 원불상리願不相離 원앙 새, ……(불명)…………(불명)……비입심상飛入尋常 백성가百姓家,

왕사당전王謝堂前 저 제비, 양류지당楊柳地當[67] 담담풍에 둥둥 뜨
는 진경塵境이 낙하落霞는 고목孤鶩과 제비齊飛하고, (이하 생략)

이러한 노래 등은 실로 극단적으로 중국화한 것이다. 아니, 중국
화했다기보다 중국 사상을 그대로 받아 옮긴 것이다. 아니, 중국
시구를 그대로 읊조리는 것이다. 사대적인 사상에 지배된 자연계는
거의 전부 중국적 색채 속에 갱생했다. 이태백, 서왕모, 동방삭 등
에서 보이는 황로黃老(황제와 노자, 역자)적 색채마저도 받아들여진 것이
다. 단순한 사대사상에서 온 것만이 아니라 거기에는 무언가 깊은
근거가 있는 것은 아닐까 생각하지만 단정할 수는 없다. 그러나 가
만히 생각해 보면

(41) 이래도 태평, 저래도 태평일세. 요나라 세월이네, 순나라
건곤이네. 나도 태평 세상에서 놀고 지고.(경기·강화)

(42) 이것보소 농부 이야기 들어보소 이야기 들어보소, 일락서
산에 해가 지고 달이 나와 동정洞庭으로 달이 올라, 에에헤라 상
사디야, 요지일월堯之日月 순지건곤舜之乾坤은 태평성대 아니런가.
교민대식敎民大食한 후에는 농사 외에 또 있을까. 봄에 밭 갈고
씨 뿌린 다음 우순풍조雨順風調가 제일이라. 왔네, 밭 갈고 씨 뿌
릴 때가 왔네. 춘하추동 사시四時 순환은 우리 농부를 위해서라
네.(경성)

---

66) 원문의 한자는 '英敎'라 되어 있으나 오식으로 보인다.
67) 원문의 한자는 '楊柳池塘'이라 되어 있으나 오식으로 보인다.

등에 보이는 요순 시절에 대한 사모의 정, 바꿔 말하면 학정을 당한 자의 도피성 절규가 이와 같은 색채를 초래하는 것은 아닐까? 현실을 이겨내고 현실과 사상으로까지 나아가려는 노력이 수포로 돌아갈 때의 황량한 모습이 이렇게 바뀌어 도피적인 감정이 우리를 지배한다. 민요에 드러나는 지배적 색채를 내가 단정할 수는 없는 노릇이지만, 이러한 감정이 부르는 사람들 내부에 잠재되는 것은 아닐까 생각한다.

그들이 가지는 자연은 그 때문에 소극적 이해의 세계이다. 헤이안平安 시대의 일본인이 사랑한 우아한 앞마당적 자연 안에 살던 것을 떠올리고, 거기에 쇠멸의 적적함 속에 빛나는 미의 리듬을 조선의 민요 속에서 생각한다. 소극적인 강인함을 결여한 조선의 자연, 공포로 여길 위대한 힘을 상실한 그 자연은 상실되어 가는 과정에 쇠퇴하고 거칠어지는 리듬의 발걸음이 배어나오는 것이리라. 무력하고 작은, 때로는 약자를 학대하는 변태적 기쁨마저 느끼는 것이다.

나는 준비가 잘 되지 못한 이 원고를 마치면서 다음과 같은 아름다운 노래 하나를 예로 들고자 한다.

(43) 누이가 온다, 누이가 온다, 반달 같은 누이가 온다. 첩이 왜 반달이냐, 월초月初가 반달이지.(강원)

— 1929년 5월 28일

그림 재료로서의 조선 풍경

•가토 쇼린•

• 가토 쇼린 •

가토 쇼린加藤松林(1898~1983년). 화가, 쇼린진松林人으로도 알려짐.

도쿠시마 현德島縣 출생. 도미오카 중학富岡中學을 거쳐 와세다早稻田대학 문학부 예과 입학. 1918년 아버지 사업 관계로 경성으로 이주. 경성에서 화숙畵塾을 연 시미즈 도운淸水東雲에게 동양화를 배우고 풍경, 정물 등에서 독자적 경지를 열어감. 1922년 제1회 조선전에서 풍경화가 입선하고 제4회에서는 특선을 하며 조선 화단에서 부동의 지위를 구축함. 조선 왕실에서 그림 지도를 하는 등 조선미술계의 중심적 존재가 됨. 조선에 재주한 약 삼십 년 동안 조선 각지를 돌며 풍경, 풍속, 생활을 그림. 전후 일본에 귀국하여서는 화단 활동보다는 친선과 미술 교류에 힘씀. 1963년 한국 정부로부터 전후 공식적으로 초청받은 최초의 일본인이 됨.

그림 재료로서의 조선 풍경

　조선 풍경의 특징은 사계절 내내 밝은 햇빛과 건조한 공기라고 생각합니다. 그리고 그 가장 아름다운 매력은 늦가을과 초겨울 무렵, 밝음의 바닥에 가라앉은 적요한 분위기입니다. 그래서 이 기조를 제외한 조선 풍경의 그림은 전혀 성립되지 않을 것이라 생각합니다.

　하지만 금강산은 조금 다릅니다. 금강산은 반도의 팔경과는 전혀 무관계한 개별 산수입니다. 말하자면 하늘에서 내려와서 솟아난 빼어나기 짝이 없는 파노라마일 것입니다.

　조망하는 산으로서는 멋지지만, 우리의 그림 소재로서는 누구나 어려워하는 산입니다. 이것은 금강산 그 자체가 너무도 정교하고 장대하다는 점이 이유이기도 합니다만, 일면 일상의 우리 생활과는 아무런 관계도 없는, 따라서 그 친근함의 정도에 따르는 것이 아닐까 합니다.

우리들 입장에서 가장 좋은 풍경의 제재는 우리의 일상생활에 가장 가깝고 친근한 풍경입니다. 평소에 보고 익숙해져서 아무렇지도 않은 풍경입니다.

　이러한 의미에서 예를 들어 금강산의 만물상이나 구룡연의 폭포보다도 경성 교외의 마포나 북한산 등이 보다 바람직한 제재인 것입니다.

　풍경이 역사와 결부될 때에는 한층 더 매력이 증강되는 것은 말할 나위도 없습니다. 단순한 그림 소재로는 역사나 전설의 유무는 전혀 상관이 없는 일이겠지만, 그 결과에 있어서는 경우에 따라 대단한 효과의 차이를 초래하는 것이 사실입니다. 따라서 작자가 이 효과를 의식하여 이용하는 것은 다소 문제라고 생각합니다만, 제작의 결과가 이러한 역사나 전설의 세계를 연상시켜, 보는 자의 마음에 한없는 꿈을 전개시킨다고 한다면 그림 소재로서는 실로 알맞은 것입니다.

　그 점에서 역사나 전설이라고 할 정도는 아니더라도 인간의 생활이 없는 풍경이라는 것은 대개 쓸쓸한 것입니다. 예를 들어 먼 산자락에 점점이 있는 부락의 집들이라든가, 거리를 다니는 흰 옷의 사람들, 다리를 건너는 부녀자 무리 등이 얼마나 각각의 풍경을 살리고 있는지는 새삼 말할 필요도 없습니다.

　조선의 사생지로서 나는 경성 부근을 가장 좋아합니다. 북한산,

한강 등의 산수와 이조李朝 오백 년의 역사는 역시 가장 풍부한 제재를 부여해 줍니다. 다음은 금강입니다. 충남북을 흘러 황해로 들어가는 금강 연안에는 내가 좋아하는 그림 소재가 도처에 있습니다.

그러나 우리 일본화를 그리는 사람들은 이론상 이른바 멋대로 화면을 만들기 때문에, 제재도 형태나 색의 취향부터 굳이 어느 쪽인고 하면 그 풍경이 자아내는 기분에 중심을 두는 경향이 있으므로, 제재의 선택 방식 또한 자유로움과 동시에 또한 특수하기도 합니다.

어쨌든 나는 조선의 풍경을 좋아합니다. 좋아한다기보다 이처럼 발이 묶여서 지금에 와서는 이제 떠날 수도 없게 되었습니다. 그리고 이것은 오로지 나뿐만 아니라 누구나 그럴 것이라 생각하고, 또한 모든 사람들이 조선에 있는 동안만이라도 절절히 조선의 흙과 깊이 친해졌으면 좋겠다고 생각합니다.

—5월 25일

조선의 하늘과 꽃

• 아다치 료쿠토 •

● 아다치 료쿠토 ●

아다치 료쿠토安達綠童(생몰년 미상). 하이진俳人.

상세 이력은 알기 어렵지만, 아다치 료쿠토의 하이쿠
활동은 1910년대 후반 하이쿠 잡지 『호토토기스ホトト
ギス』에 입선된 작품에서부터 확인이 되며, 이 즈음 이
미 조선에 건너와 영등포 피혁회사의 사택에 거주했다
는 기록이 있다. 1918년부터 영등포 자택이나 용산을
근거로 '나무 싹木の芽'이라는 하이쿠 모임을 개최하거
나 '도깨비 등鬼灯'모임에 출석하였으며 조선의 호토토
기스 계열 중 주요 인물로 활동했다. 1920년대에도 경
성의 '개나리 시사ケナリ詩社'를 이끌고 '솔방울松の實음
사'와 같은 하이쿠 모임에도 활발히 참가하였고 1931
년 호토토기스 계열 경성의 하이쿠 잡지 『아오쓰보青壺』
의 「잡영雜詠」란의 선자選者로 활동하는 등 1920년대부
터 30년대에 걸쳐 꾸준히 하이쿠 활동을 하였으며
1941년 조선하이쿠작가협회 결성식 즈음까지의 하이
쿠가 확인된다. 아다치의 하이쿠는 사생寫生의 기법 위
에 조선의 풍물을 읊은 점을 평가받았고, 해학적인 면
도 특징으로 꼽을 수 있다.

조선의 하늘과 꽃

하늘과 꽃

8년 정도 전의 일이다. 나는 여름부터 가을까지 두 달 정도 여행을 하고 왔다. 히타치常陸,68) 고즈케上野,69) 무사시武藏,70) 스루가駿河,71) 이세伊勢,72) 야마토大和,73) 셋쓰攝津74) 기타 여러 곳에 사는 하이쿠俳句 친구들이 계속 놀러 오라고 해서 나는 마치 순례라도 하듯 한 곳 한 곳 방문을 하고 왔다.

---

68) 지금의 이바라키 현(茨城縣) 일대를 이르는 옛 지명.
69) 지금의 군마 현(群馬縣) 일대를 이르는 옛 지명.
70) 지금의 도쿄(東京), 사이타마 현(埼玉縣)의 전역과 가나가와 현(神奈川縣) 동부를 아우른 옛 지명.
71) 지금의 시즈오카 현(靜岡縣) 중앙부를 일컫는 옛 지명.
72) 지금의 미에 현(三重縣) 북부 지역에 해당하는 옛 지명.
73) 지금의 나라 현(奈良縣)에 해당하는 옛 지명이며 야마토 정권의 발상지로 '倭'라고도 씀.
74) 지금의 오사카 부(大阪府) 북서부와 효고 현(兵庫縣) 남동부에 해당하는 지역의 옛 이름.

여행을 하고 한참 지나서 조선으로 돌아온 내게 몹시도 기쁜 일이 하나 있었다. 지금까지 알아차리지 못하다가 처음으로 알게 된 일이었다. 바로 달리아의 색이 대단히 아름다웠던 점이다.

우리 집 화단에 약간의 달리아가 어머니 손에 의해 꽃을 피웠다. 홍색, 백색, 황색으로 여러 꽃이 자태도 곱게 피어 있었다. 나는 그러한 달리아 앞에 서서 같은 달리아라도 일본의 그것보다 색채가 선려한 것을 처음 알았다. 붉은 달리아든 연분홍 달리아든, 아무리 보아도 일본의 달리아보다 색이 산뜻하다고 여길 수밖에 없었다.

아카기야마赤城山⁷⁵⁾ 산자락에 사는 지인을 방문했을 때에도 길가 집들에 달리아가 피어 있었다. 이세伊勢의 마쓰사카松坂⁷⁶⁾의 친구 집에도 달리아가 피어 있었다. 그처럼 여러 곳에서 달리아를 보고 와서 지금 조선의 달리아 앞에 서서 보니 일본 것보다 현저하게 색채가 뛰어난 것이었다.

여행의 피로로 머리가 좀 이상해지는 바람에 생긴 착각이라고 말하는 사람도 있을지 모르겠다. 사실 나도 내 착각일 거라고도 생각해 보았다. 하지만 그 이듬해 가을에 일본으로 다녀 온 친구들이 있었기에, 달리아 색을 잘 보고 와서 조선의 것과 비교해 봐 달라고 부탁을 해 두었다. 그 친구들은 돌아와서 확실히 조선의 달리아가 색이 선명하다는 말을 전해 주었으므로 나는 내 착각이 아니라

---

75) 군마 현(群馬縣) 남동부에 있는 해발 1828미터의 화산.
76) 미에 현(三重縣) 중부에 위치하고 이세 만(伊勢湾)에 접한 곳으로 이 부근 경제의 거점이자 소의 산지로 유명. '松阪'로도 표기.

일본 달리아보다 정말로 아름다운 것임을 알고 몹시도 기뻤다.

　그럼 이것은 어떻게 된 원인일까? 나는 일본의 원예가 여러분들이 조선의 원예가들보다 배양법이 서툴러서라고는 생각지 않는다. 또한 조선의 토지가 비옥하고 일본의 토지가 척박해서라고도 생각지 않는다. 오히려 토지는 조선이 척박할 것이다. 또 일본에서 내가 보고 온 여러 달리아의 구근이 특별히 열등품이었을 것이라고도 여기지 않는다.

　나는 원인을 쓰기에 앞서서 조선 하늘의 아름다움에 대해 조금 적고자 한다. 나는 하늘의 아름다움을 생각할 때마다 센게 모토마로千家元麿77) 씨의 다음 시가 꼭 떠오른다.

　　어여쁜 하늘
　　정말로 어여쁜 하늘
　　천국이 보이는 게 아닐까 싶다
　　너무도 조용하고
　　먼 하늘
　　조용한 휘광이 아까워 보인다

　나는 이 시에 완전히 공명하는 바이다. 일본의 하늘을 보고 이 정도로 감격한 센게 씨가 조선의 하늘을 보았더라면 그 선미善美에

---

77) 센게 모토마로(千家元麿, 1888~1948년). 도쿄 출생으로 시라카바 파(白樺派)의 대표적 시인. 자연과 서민생활을 인도적 감정으로 소박하게 노래. 시집에 『나는 보았다(分は見た)』(1918년), 『무지개(虹)』(1919년), 『옛 집(昔の家)』(1929년), 『창해 시집(蒼海詩集)』(1936년) 등.

반드시 도취되었을 것이다.

한 점의 구름도 없이 코발트색으로 맑게 갠 9월 10일 쯤의 하늘은 일본 사람들은 볼 수 없는 아름다움이다.

발을 멈추고 파란 하늘을 봤네 국화 핀 가을.
足とめて青き空見ぬ菊日和

나는 작년 가을에도 이러한 하이쿠를 지었다. 길을 가다 걸음을 멈추고 하늘의 아름다움에 언제까지고 도취되어 보다가 지은 하이쿠인데, 이런 일이 나에게 가끔 있다. 어떨 때는 길가의 풀에 앉아서, 어떨 때는 서재의 장지문을 열고 '천국이 보이는 게 아닐까' 하는 심정으로 질리지도 않고 하늘을 올려다보는 경우가 있다. 조선의 하이쿠 작가들에게는 하늘의 아름다움을 읊은 작품이 아주 많은데, 단카 작가들에게도 틀림없이 많을 것이라 생각한다.

하늘이 아름답다는 것은 공기가 투명하고 맑기 때문일 것이다. 내리는 비가 적어 공기가 건조하기 때문이리라. 그리고 공기가 맑다는 것은 여러 꽃의 색소에 과학적으로 영향을 미치고, 색채를 더할 나위 없이 선명하게 하는 것이 아닐까 생각한다. 달리아뿐 아니라 나팔꽃이든 봉선화든 일본의 그것보다 아름다워 보인다.

나는 일본으로 여행을 하고서야 비로소 그 사실을 알고 기뻐 견딜 수 없었다.

"일본 사람들은 어두침침한 방에서 꽃을 보지만, 조선 사람들은 밝은 방에서 꽃을 보는 격이다."

이런 내용을 그 당시 일기에 쓴 적이 있다. 다소 극단적일 지도 모르지만 그런 마음이 든다. 밝은 방에서 꽃을 계속 쳐다볼 수 있는 우리는 얼마나 행복한 사람들인가.

아름다운 이름

조선의 자연 중에는 내가 좋아하는 것들이 매우 많은데, 열 매 스무 매 정도의 원고로는 도저히 다 쓸 수가 없다. 그 중에서 예쁜 지명 등도 내가 좋아하는 한 가지이다.

처음 경부선을 탄 사람들은 추풍령이라는 역 이름을 누구나 좋아하게 될 것이다. 나는 그 역을 통과할 때마다 플랫폼에 내려서 보는 일을 잊지 않는다. 경치가 그리 좋다고는 생각지 않지만, 이름이 무어라 할 수 없는 그리움을 자아낸다. 이 이름을 아호로 삼은 하이쿠 작가도 있다.

삼랑진三浪津, 오류동梧柳洞, 동두천東豆川, 청량리淸凉里 등 좋아하는 역 이름이 많다. 하이쿠 작가의 아호에 오류동이라고 붙인 사람도 있다.

경성 경복궁의 영추문迎秋門이라는 이름도 엄청나게 좋아했는데 작년에 폭풍우로 망가져 버렸다.[78] 나는 미술적 입장에서도 그 문

---

78) 경복궁의 서문(西門)이던 영추문은 연추문(延秋門)이라고도 했는데, 1926년 석축이 무너지면서 철거됨.

이 사라지는 것이 슬펐지만, 이름이 너무도 좋아서 어떻게든 보존할 수는 없을까 생각했다.

건춘문建春門도 좋은 이름이다. 광희문光熙門도 좋은 이름이지만 이것도 훼손되어 버렸다.

창덕궁 비원에는 부용정芙蓉亭, 금마문金馬門, 농수정弄水亭, 소요정逍遙亭, 익한정翼寒亭 등등 여러 아름다운 이름의 정이나 문이 있다.

평양의 부벽루浮碧樓, 수원의 방화수류정訪花隨柳亭 등도 좋은 이름이다. 안면도安眠島, 월미도月尾島, 속리산俗離山, 장수산長壽山 — 모두 좋아하는 이름이다. 이렇게 여러 사물의 이름이 아름답다는 것도 조선 풍물들 중 내가 좋아하는 한 가지이다.

—끝

조선의 자연과 아이들의 생활

● 하마구치 요시미쓰 ●

● 하마구치 요시미쓰 ●

하마구치 요시미쓰浜口良光(생몰년 미상). 경신학교儆新學
校 교수. 아동문학가.
도요東洋대학 출신으로 새로운 동화작가로 주목을 받음.
경신학교(연희전문학교의 전신) 교수를 역임하는 한편
여가가 생기면 동화 강연에 힘쓰고 자택에 아이들을
불러 교양을 쌓게 하는 등의 독지가로서 알려짐. 1920
년대부터 1930년대 초반까지는 스스로 희곡을 쓰거나
조선 아동의 종교, 교육, 동화, 동요 등의 연구에도 힘
을 쏟았으며, 잡지에 수필을 기고하거나 소품小品의 선
자를 역임. 1933년에는 아동용으로『만주사변 조선파
견군 분전이야기滿州事變朝鮮派遣軍 奮戰物語』를 썼고, 1942
년에는 조선수출공예협회 이름으로『조선의 옛 모양朝
鮮の古模樣』을 편찬. 1930년대 중반 이후부터는 조선의
석기, 공예와 민예 등의 전문가로서 야나기 무네요시柳
宗悅가 주재하는 미술잡지『공예工芸』에도 1946년까지
관련 글을 기고하였으며 1966년에는『조선의 공예朝鮮
の工芸』, 1973년에는『이조의 미 민예李朝の美 民藝』의 저
서를 남김.

조선의 자연과 아이들의 생활

'개나리 꽃이 노란색을 띤 땅에는 손톱 끝만큼의 푸른 풀싹이 돋고 있다. 그 들판 저쪽에는 한 무더기의 포플러 숲이 옅은 녹색을 가로로 칠하고, 그 저편에는 조선 특유의 강한 곡선을 가진 바위산이 높다랗게 솟아 있다. 그리고 그 위에는 청동색을 다 지우고 온통 푸르게 아무런 장애물도 없는 커다란 하늘이 덮고 있다. 나는 문득 이 거대한 하늘 안에 붉은 연이 움직이는 것을 보았다. 그것은 정말 아름다웠다. 날고 있는 연의 비스듬한 아래에는 흰 옷을 입은 아이들이 실을 당기며 달리고 있다. 모든 것이 그림 속 같다'고 생각했다. 내가 조선으로 막 건너왔을 당시 자연과 아이들의 인상은 내 뇌리에서 도저히 불식될 수 없는 것이 되어 버렸다.

원래 아이들과 자연은 떼려야 뗄 수 없는 것이지만, 조선의 아이들은 특히 집안이 좁은 이유로 교외로 나가 자연과 친하게 지낼 기회가 아주 많다.

어느 여름날 나는 교외에서 몇 무리인가의 아이들을 보았다. 가까이 가서 보니 여자 아이들은 수수깡을 네 치＋ 정도씩 잘라 옥수수수염을 위로 묶어 올려 인형을 만들고 있었다. 옥수수수염 대신 가느다란 풀잎을 엮어 머리를 묶는 아이도 있었다.

"그건 이름이 뭐라는 풀이지?"

물으니 잠깐 생각하다가,

"공주풀."

이라고 답한다. 아이들이 멋대로 붙인 이름일 지도 모르겠다. 풀을 뜯어내어 잠깐 햇볕에 말리고 부드러워진 곳을 손으로 비벼 머리카락으로 만들고 있었는데, 상당히 솜씨 좋게 머리를 내리거나 공주님 머리로 묶었다. 한편 사내아이들을 보니 수수깡으로 말을 만들어 가랑이 사이에 끼우고 달리며 돌아다니는 녀석이 있었다.

"좀 보여주라."

손에 들고 보니 긴 수수깡의 가운데를 구부려 같은 수수깡 껍질로 귀를 만들고 입 부분은 입 모양으로 잘 쪼개어 거기에서 손그물이 나오게 했다. 또 수수깡으로 대포를 만드는 아이도 있었다. 안경, 새, 저울, 집 등을 만드는 아이도 있었다. 집은 껍질과 심을 꼬아서 서로 엮어 잘도 만드는 것이다. 물어보니 이밖에도 또 배舟, 쌀 절구, 수레, 소와 비거飛車,79) 참새, 가마, 악기, 물레방아, 당나귀, 감투 등도 만든다고 한다. 조선은 어른이 만들어 주는 장난감은 거의 없고, 아이들 스스로 만드는 것이 아주 많다. 이상에 열거

---

79) 공중으로 사람이 타고 날아다닐 수 있게 만든 수레로 임진왜란 때 정평구가 발명.

한 것은 수수깡을 재료로 만든 것들뿐인데, 이 외에 초봄에 포플러나 벚나무의 어른 가지를 잘라 둥글게 껍질을 벗겨내어 피리를 만들어 부는 아이들도 많이 볼 수 있다. 남쪽 지방에서는 여러 종류의 대나무 피리를 만들어 분다고 한다. 옛날 기록에는 도피함각책桃皮咸角策(일명 풀피리)이라고 하여 초목의 잎을 말아 부는 것이 있었다고 적혀있다는데, 지금은 황로나무 잎을 말아 부는 아이들이 가장 많다.

물가의 아이들은 배를 만들어 여름에 신나게 물놀이를 한다. 재료는 수수깡, 대나무, 대나무 잎, 갈대 잎, 소나무 껍질 등이다.

이렇게 봄, 여름, 가을 동안 조선의 아이들은 가정에서 자연으로, 자연으로 향해 간다.

하지만 아이들이 자연 속에 푹 젖는 것 중에 가장 현저한 현상은 여자아이들의 풀 캐기가 최고일 것이다. 초봄부터 여름이 끝날 무렵까지 들판, 산록, 제방, 밭 근처 등에서 바구니와 꼬챙이를 든 소녀들의 모습이 보이지 않을 때가 거의 없다.

그 푸릇푸릇한 들판에 흰 옷을 입은 소녀들의 움직임을 보고 있을 때, 『만요슈萬葉集』의

> 바구니 예쁜 바구니 들고, 땅 파는 꼬챙이 예쁜 꼬챙이 들고, 이 언덕에서 나물을 뜯는 아가씨, 집은 어디인지, 이름은 무엇인지……
> こもよみこもち ふぐしもよ みふぐしもち このをかに なつますこ いへきかな なのらさね……80)

라는 노래나 이백이 고소대姑蘇臺[81] 부근에서 마름을 따는 아가씨들의 노래를 듣고 지었다고 하는,

마름 따는 여인의 노래 봄이 노곤하구나菱歌淸唱不勝春

라는 시 정경이 떠오른다. 그것은 그렇다 치고 조선 아가씨들이 캐는 풀은 실로 종류가 많다. 옆에서 보고 있으면 아무렇게나 캐는 게 아닌가 여겨지지만, 그것이 가정에서 밥상에 오르는 것을 생각하면 저렇게 많은 풀 종류를 잘도 외우고 있구나 싶다. 지금 그 일부를 보면 가장 많이 캐는 것이 냉이, 쑥부쟁이, 별꽃, 고사리, 고비, 명아주, 밀나물, 개피, 천손초, 씀바귀, 달래 등이다. 이러한 풀들은 모두 데쳐서 물에 담갔다가 간을 하여 밥상에 올린다. 민들레나 삽주는 캐어 약으로 쓰는가 했더니, 약으로도 쓰지만 역시 식용이 주라고 한다. 또한 광대나물, 덩굴만년초도 먹고 또 강 쑥이나 잔대는 뿌리를 식용으로 한다. 도라지 뿌리가 사시사철 밥상에 없으면 안 되는 것은 주지의 사실이며, 황해도 민요 중에는 「채유가採萸歌」라는 것도 있다.

---

80) 『만요슈』의 권두에 실린 유랴쿠(雄略) 천황의 노래로 생략된 부분은 '이 하늘 아래 야마토 나라는 모조리 내가 다스리고 있다오. 내 이름을 말하리. 집안도 이름도 다(そらみつ 大和の國は おしなべて われこそ居れ しきなべて われこそ座せ われこそは 告らめ 家をも名をも)'.

81) 강소성(江蘇省) 소주시(蘇州市)의 명소로 오왕 합려가 축조한 누대(樓臺). 그 아들인 부차가 서시와 유락(遊樂)의 장소로 즐겨 사용했음. 월왕 구천에 의해 오나라가 멸망한 후 흥망성쇠의 무상함을 상징하는 유적으로 인식됨.

도라지 캔다고
집을 나가서
죽은 사위의
무덤 찾아가

듣기에도 소름이 돋는 것은 맹독 금봉화와 투구꽃을 먹는 일이다. 이것은 캐서 데친 다음 이삼 일 물에 담갔다가 먹는다. 다만 이런 풀들만 먹는 것이 아니라 다른 풀과 섞어서 먹는다.

풀뿐 아니라 나무의 싹을 캐는 소녀들도 꽤 볼 수 있다. 나무는 귀룽나무의 어린 싹, 느릅나무의 어린잎 또는 이 나무의 부드러운 껍질, 두릅나무, 옻나무, 엄나무―이런 것들은 모두 어린 싹을 데쳐서 먹는다. 산초를 따는 모습도 자주 보게 되는데 이것은 양념으로 하는 듯하다.

소나무에서는 개화 직전의 수꽃들도 자주 따는데, 이것을 그늘에서 말려 화분을 얻어내고 꿀에 묻혀 먹는다. 남자아이들은 야산에서 놀며 띠의 어린 이삭을 잘 먹는다―떡 같다―. 나도 어릴 적에 먹은 기억이 있다. 또한 수영 줄기―신 맛이 있다―도 잘 먹는다. 소나무 껍질을 먹는 것은 기근이 든 해뿐인가 했더니, 조선 아이들이 자주 먹는 것을 본다. 소나무의 어린잎이 쑥쑥 자란 것을 잘라서 상피를 제거하고 하얀 막과 같은 그 단맛 나는 껍질을 먹는다. 아주 달아 보인다. 떡에 발라서도 먹는다고 한다. 찔레나무도 마찬가지로 단맛 나는 껍질을 먹는다. 약간 의외라 생각한 것은 메꽃의 뿌리, 흰 젖이 나오는 것을 아이들이 생으로 먹는다. 가정에서는 밥을 지을 때 넣어서 먹는다고 한다.

그러나 뭐니 뭐니 해도 아이들이 가장 좋아하는 것은 나무 열매이다. 지금 계절이라면 수유, 버찌, 뽕 등 산버찌를 입 주변이 새카매지도록 먹는 모습도 자주 본다. 그리고 딸기(산딸기, 줄딸기, 붉은가시딸기)는 말할 것도 없고 뱀딸기까지 먹는다.

제철은 아니지만 팥배나무 열매, 돌배, 산포도, 머루, 비파, 산사나무 열매, 다래, 으름덩굴 열매, 오미자, 산수유, 산딸나무, 가을수유 등은 아이들이 앞 다투어 찾으며, 이 때문에 산을 뛰어 돌아다니는 것이 보통 일이 아니다. 상수리나무 열매 및 졸참나무, 떡갈나무 열매는 주워서 밥에 넣고 짓거나 또는 가루로 빻아 일 년 내내 저장해 두고 묵(조선 곤약)을 만드는 재료로 삼는다.

가을은 버섯 채집에 바쁘다. 이것은 물론 아이들에게만 한정된 일은 아니지만—아이들도 꽤 딴다. 그 종류는 능이버섯, 땅찌만가닥버섯, 송이버섯. 나팔버섯과 송로 두 가지를 옛날에는 먹지 않았다고 하는데 지금은 먹는다. 일본인들은 별로 먹지 않지만 홍버섯, 청버섯, 달걀버섯, 밤버섯, 센코버섯(미상)도 꽤 따서 먹는다.

야산에서 벌레나 새를 잡는 특별한 방법은 본 적이 없지만, 딱하나 종다리를 잡는 데에 묘한 짓을 하는 것을 보았다. 종다리가 둥지로 돌아갈 때 멀리 내려서 걸어간다는 사실을 이용하여 둥지 주변에 둥글게 한 면에 막대 조각을 세워서 두 곳 정도 구멍을 뚫어 둔다. 그리고 거기에는 말털로 만든 고리를 걸어 둔다. 종달새는 그것을 모르고 구멍으로 들어가면서 고리를 목에 걸어 버린다. 그렇게 잡는다. 발상이 꽤 좋다는 생각이 든다.

놀이로서 가장 눈에 띄는 것은 앞에서 말한 연날리기와 팽이돌리기이며 일 년 내내 이 놀이를 한다. 하천에 얼음이 얼면 그 위에서 팽이가 열심히 돌아가는데 너무도 유쾌해 보인다. 팽이 위를 파서 숯불을 넣고 밤에 돌리는 장난을 하는 아이들도 있다.

자연과 아이들의 생활에 대해 쓰자면 한이 없다. 여러 가지 동요로 노래되는 아이들이 본 자연이나 새의 울음소리를 듣고 그에 의미를 부여하는 것도 재미있겠다고 생각했지만, 지면 제한도 있어서 여기에서 글을 맺고자 한다.

— 끝

대도大都 경성

• 이노우에 이진 •

• 이노우에 이진 •

이노우에 이진井上位人(생몰년 미상). 시인. 화가.
인물에 관한 상세한 사항은 알려진 바가 없으나, 한반
도에서 간행된 일본어 문헌 등을 통한 자료에서 보면
이노우에 이진의 재조일본인 시인과 화가로서의 활약
이 돋보임. 1920년대에『문교의 조선文教の朝鮮』이나『조
선 및 만주朝鮮及滿州』,『조선철도협회 회지朝鮮鐵道協會 會
誌』등에 기고한 글이 보이는데, 조선의 예술과 문예계
의 상황에 관한 내용이 많고, 특히『문교의 조선』에는
창작 작품도 게재하고 있으며, 경성제국대학 개학기념
호에 「반도문화의 자랑 경성제국대학」이라는 제목의
그림을 수록함. 화가로서의 면모는 이 외에도 조선미술
전람회에 1920년대 후반 입선한 기록과 그림으로도 알
수 있음.

대도大都 경성

1

조선 대륙의 수도―경성의 남면을 장악한 숭례문이 스스로 아침 안개에 거대한 건물 누각을 감싸게 하고, 초콜릿처럼 달콤하게 우뚝 서니 좌우에 소용돌이치는 인간들과 기계들―그것들이 종로로, 광화문으로 수도 없이 이어진다―. 뷰익Buick, 패커드Packard, 쉐보레Chevrolet, 하프―짐을 운반하는 포드Ford 사장 오하시 신타로大橋新太郎82) 군이 경영. 경성전기의 신제품 대형 보기차, 경성부府가 경영하는 고급 신新 버스 등―빌딩 고층 벽은 태양이 새하얗게 비추고, 그 바로 아래 고급 직물의 고풍스러운 옷을 두툼하게 껴입은 종로 보신각의 고전적인 건물이 괴기스러운 자태로 커다란 범종과

---

82) 오하시 신타로(大橋新太郎, 1863~1944년). 실업가. 니가타 현(新潟縣) 출신으로 아버지 오하시 사헤이(大橋佐平)와 함께 하쿠분칸(博文館)을 설립, 많은 주요 잡지를 간행. 중의원, 귀족원 의원 역임. 대일본맥주(大日本麥酒), 일본글래스(日本硝子) 등의 간부. 1935년 일본공업클럽(日本工業俱樂部) 이사장.

함께 웅크리고 있다. 옛날 명민한 감각과 단아한 용모를 지닌 총각이 이 종에 주조되어 아직 범종을 울리면 슬픈 목소리를 내며 아버지, 어머니를 부른다는 희생의 전설을 품은 종로의 큰 종은 이조李朝의 자취를 옅게 드리우고 평화로운 잠에 빠져 있다.

지금 신사 숙녀가 탄 고급 승용차가 보신각을 나와 직선으로 남쪽을 향해 달리며 조선은행 앞 광장을 오른쪽으로 회전하더니 조선호텔의 장중하고 전아한 현관으로 측면 주차한다. 이 날의 낮과 밤, 그와 그녀가 신혼의 꿈을 탐닉하기에 어울리는 근대식 도원 선경 — 저 보아라. 후원의 장미꽃이 분수의 물방울에 눈동자를 깜박이면서 머리칼 붉은 사람과 나란히 그들을 바라보고 있지 않은가. 행복한 그들. 그 프로그램은 — 세계의 명산 금강산 탐방. 요즘 소요 일수는 열흘. 경성에서 북으로 가면 대동강이 흐르는데 순수한 조선의 모습을 떠오르게 하는 평양의 모란대. 거기에서 하룻밤을 다듬이 소리에 마음을 녹이고 이윽고 그 길로 만주에 곧장 — 하얼빈 — 모스크바 — 파리로 간다고 한다. —

2

여름밤 우랄 다이아[83])를 아로 새긴 듯한 창천의 별들…별들 사이에서 꽃잎처럼 흘러내리는 향기로운 초여름 미풍이 요염한 혼마

---

83) 우랄산맥 지역에서 많이 채굴되는 보석으로 빛에 의해 색이 바뀌는 알렉산드라이트

치本町84) 아가씨의 얇은 비단에 얽히고 스포츠맨 타입의 젊은 신사의 스네이크우드 지팡이가 프로펠러의 속력으로 돌아간다.

여름밤은 대륙 도회에 더할 나위 없이 어울리는 정감을 주며 은방울꽃 모양의 등 아래 몇 천 명의 사람들이 바다처럼 흔들린다. 새 미쓰코시三越85) 건축장 앞에서 빛의 동굴로 들어가 점포 장식에 경성 풍경을 감상하면서 천천히 걸으면 여러 포즈를 한 사람들 모습이 혼마치 일본 아가씨의 맨발 살갗에 화려하게도 관능적으로 비친다.

남만주철도주식회사 유럽-아시아 연락 국제열차를 몇 시간 전에 내려서 경성역에 막 도착한 프랑스인 부부가 그로테스크한 '천하대장군, 지하여장군'이라는 조선 장난감에 파란 눈을 빛내고, 여자 점원인 조선 아가씨에게 값을 묻는다. ― 그 옆에서는 장제스蔣介石 같은 풍모를 한 중국인이 현대식 단발 양귀비를 왼손에 끌어안고 개구리처럼 요설을 늘어놓으며 '공작 부채'를 더 싸게 달라고 말한다. 망명 러시아인이 양복을 지을 원료 1야드 ×원 ×전의 싸구려를 잔뜩 짊어지고 큰 덩치를 무겁게 운반해 간다……

아아, 긴 수염을 사랑해 마지않는 우리 조선 고전 신사들이 ― 아마 강원도의 붉은 땅에서 갓난아이로 태어나 그대로 첫 울음을 터뜨렸을 순박한 용모의 소유자들이 현대 멋쟁이들의 활기찬 흐름을

---

84) 일제강점기에 지금의 서울 충무로 일대를 일컫은 지명.
85) 1930년 개업한 조선 최초의 백화점 미쓰코시 경성점으로 현재 신세계백화점 본점의 전신.

꿈처럼 바라보며 당나귀 걸음으로 느릿느릿 걸어왔다.

3

하지만 사람들아, 눈길을 M거리로 돌려 보시라. 거기에는 완전히 문란해진 재즈의 소리가 카페 G, 카페 S, 카페 Y, 카페 R, 카페 V 등에서 여급의 관능적인 규환과 함께 등불 켜진 동네로 흘러나오면 신사가 예를 지켜 사양하던 것을 상처입히는 음란한 노래의 방울들이 소록소록 앞으로 나와 신사 무리들을 유락愉樂의 독소로 끌어들인다.

이 도시의 카페는 도쿄의 지나치게 고상을 떠는 단점과 하얼빈, 상하이의 지나치게 육정적인 장점을 범벅하여 경성의 로컬 컬러를 화려하게도 섬세한 파문으로 파도치게 한다.

4

만약 제군들이 '혼마치'의 화려한 산책에 질렸다면, 종로 뒤의 내장요리 같은 질척질척한 쾌감을 지닌 조선 거리의 기괴한 미美를 맛보면 된다 ─. 명월관明月館의 고아한 기생의 노랫소리가 대륙에 무리지은 포플러 잎 그늘을 흐릿하게 만들고 연붉은 달에 말을 걸 때, 소의 내장과 뿔이 달린 그대로의 두개골과 억세게 부푼 네 다리를 큰 솥에 푹 고아 삶은 솥 안에서 설렁탕이라는 진기한 요리가 펄펄 끓으며 흰 옷 입은 행인들의 취각을 마비시키는, 주막과 비슷한 작은 요리집의 낮은 처마에서 숨이 콱 막히는 사람들의 훈기와 섞인 회, 고기전, 전골, 말린 오징어, 굴, 낙지 등 진기한 것들이 거기에 보병처럼 흩어진 큰 쇠파리와 더불어 동거하며, 시궁쥐 모습을 한 웨이터에 의해 이를 대접받는 풍경……

"맛있어."

"정말 맛있군."

하고 연호하면서 손님들은 긴 턱수염을 쓰다듬는다.

이런 풍광이 이방인의 눈을 무턱대고, 핀셋처럼 춤추게 하고 그곳을 전부 호기심에 가득 찬 시선으로 돌아다니게 만든다.

5

수표교水標橋의 돌로 된 난간에 손을 대고 깊은 생각에 빠져 있는 조선의 모던 걸 색시는 멀리 떨어진 국경 함경북도의 회녕會寧으로부터 경성으로 유학遊學 온 아가씨라고 한다. 단발머리의 그녀는 새빨간 저고리에 연청색 치마, 굽이 높은 서양 구두를 신고 저물어가는 북한산의 자색 루비 빛을 띤 아롱진 구름을 보고 있다. 그녀는 십이 분 정도 우두커니 서 있었는데, 이윽고 파고다 공원으로 발걸음을 옮겨 사라졌다. 이런 정경이 몽골족의 전형적 고전 조선 신사에게서 탄생한 아가씨에 의해 공연된다고 한다면 하나의 기적일 것이다.

사천 년의 오랜 역사와 불가사의한 전설을 가진 나라 조선에는 듣기에도 아름다운 민요가 주옥같이 흐르고, 옛 왕궁의 경회루 큰 돌기둥에 대원군의 위업이 기려져 경복궁의 장엄함과 더불어 고전 예술이 눈부시게 찬란했다.

  제군들, 다 맛보기에 부족했던 부분은 언젠가 다시 올 기회에 더 감미로운 조선요리로서 조리하여 제현들을 위해 융성한 향응을 베풀고자 한다. 부디 양해하시기를.

—끝

가요 상으로 본 조선의 자연에 관하여

• 송석하 •

• 송석하 •

송석하宋錫夏(1904~1948년). 민속학자. 호는 석남石南.
경상남도 울주 출생. 부산상업고등학교를 졸업하고
1922년 도쿄대학 상과대학에 유학함. 이듬해 관동대지
진이 일어나자 귀국. 이후 민속에 관한 관심으로 현지
조사 수행. 손진태, 정인섭과 더불어 1932년 조선민족
학회 창립과 1933년 『조선민속』 창간의 중심 멤버.
1934년에는 이병도, 김두헌, 손진태 등과 진단학회震檀
學會 창설 발기인으로 참여. 1945년에는 조선산악회를
창설한 현대 등산의 선도자. 광복 후에는 한미문학협력
에 참여. 1946년에는 수집한 민속자료를 토대로 국립
민족박물관을 창설.

가요 상으로 본 조선의 자연에 관하여

이치야마 모리오市山盛雄 씨로부터 '민요에 나타난 조선의 자연에 관하여'라고 할 만한 내용을 써달라는 주문이었다. 대저 자연관이라는 그 자체가 몹시도 요령부득인지라 잡지나 신문에 무슨 무슨 자연관이라는 것을 자주 보기는 하는데, 모두 기형적 자연인 것이 그 대부분인 듯하다.

민요는 그 원생림 같은 소박한 형식과 표현으로써 온갖 방면의 사상을 포함하며 그 국민의 기억력에 대해서는 뿌리 깊은 집요함을 가지면서도, 시간적으로는 끊임없이 변화하는 것이다. 이렇게 민요가 집요함을 지니고 있다는 점은 국민 전체의 마음에 울리는 어떤 공명성이 있다는 것은 전설의 그것과 마찬가지로 하나의 특성인데, 나에게는 그 공명성이라는 것도 대내적인 상상관(이라고 할 만한 것)이 위주이고, 대외적인 자연관에는 힘이 약한 것으로 여겨진다. 이른바 자연의 찬미, 공포 등을 노래한 것보다 사람에 대한 애증 관념을 노래한 것이 보다 오랜 생명을 갖고 인구에 회자되는 것이 그 예이다.

그러므로 가요 상에 드러난 자연이 그 국민 전체가 갖는 모든 경우의 자연에 대한 태도와 관찰이라고는 할 수 없는 것이다. 아무래도 민간 신앙과 민간 설화 분야와 아울러 고찰해야 비로소 비교적 정확한 자연이 드러난다. 조선의 가요 중에서 어디까지를 (협의의) 민요라고 해야 할 것인가도 매우 불분명하며, 설령 시조 이하를 민요로 친다고 하더라도 시조 작자군인 유학자나 기타와 또 한편의 목동, 나무꾼 등과의 선입관 차이는 어떠했을까? 또한 같은 가정 내에서도 유교만을 중시한 남자(이조 이후)와 불교 및 샤머니즘의 냄새를 벗지 못하는 여자와의 성격적 차이도 포함하여 자연에 대한 태도 및 관찰이 다른 것을 인정해야 한다. 요컨대 민요 상으로 본 자연은 불구자임을 면할 수 없다고 생각한다.

시조, 가사, 잡가(지금까지 그런 말로 익숙해진 일종의 속요) 상에서는 자연을 하나의 벗으로 다루고 있는 것이 많다. 거기에서는 존속 부류로도 취급하지 않고 비속 부류로도 취급하지 않으며 그저 대등한 지위로 보는 것이다. 자연이 자기 마음대로 세상에 있다고 치든, 또한 사람의 삶을 위해 자연이 생겼다고 치든, 사람의 삶과 함께 교제하고자 하는 마음가짐을 자연이 가지고 있다고 해석한다. 남국 해도 海島 민요에서 드러나는 공포 관념도 없으며 러시아 민요의 일종처럼 맹렬한 반항 관념도 없다. 그저 우정이 없는 벗이나 박정한 애인에 대한 원망을 자연스럽게 넣은 것은 상당수 있지만 그것마저도 '체념의 한'이다. 이러한 가요에는 작자 계급이 당시의 지식 계급인 관례로(오로지 이조를 주제로 하여 논한다. 이하 같음) 표현 형식은 중국의 맛을 상당히 농후하게 띠고 있다. 또 하나의 특색은, 이것은 문학 상에서도 말할 수 있는 것인데, 자연 그 자체가 거의 모두 회화적으로 다루어지고 있다. 따라서 정적이고 철학적이며 명상적인 자연으로 드러난다. 어떤 방면에서 볼 때는 동적 자연인 것처럼 보이지만 실제로는 동적 자연이 되지 않았다. 벗처럼 취급하는 이 자연은 일부 예외를 제외하고는 어머니(친어머니 같은 자애로움도 없고 계모 같은 묘한 감상)처럼 되지도 않으며 대신 선배 정도로 취급된다. 또한 놓쳐서는 안 되는 한 가지는 이들 작자는 우의寓意적으로 의식하여 만든 것이기 때문에 자연을 보는 방식에 무리와 모순이 수반된다.

여기에 이러한 예를 약간 들어 보자면(우선 예라고는 하지만 하나 하나 비판해 가는 것이 아니므로 대략적인 측면이 다소 있다는 것은 이해해 주기 바란다), 자연을 벗처럼 다루거나 혹은 자연은 사람의 삶을 위해 생겼다는 정도로 생각한 사람에는 시조의 우조羽調 이二중대엽中大葉[86]에 황희黃喜, 유자신柳自新, 우조 삼중대엽에 최덕지, 우조 이수수엽二數數葉의 김시습金時習, 정술鄭述, 홍춘경洪春卿, 송인수宋麟壽, 임의직任義直, 우조 삼수수엽三數數葉에 김광황金光煌, 우조 삼뢰三雷[87]의 '삼월삼일三月三日 이백도홍李白桃紅하고……'라는 구, 계혈界穴의 각 조에 정철鄭澈, 조인趙寅, 이규보李奎報, 김장생金長生 등 그 예가 많다. 가사, 잡

---

86) 국악(國樂) 가곡(歌曲)의 원형 가운데 만대엽보다는 빠르고 삭대엽보다는 느린 중간곡을 말한다. 계면조(界面調)로 된 계중대엽, 초중대엽 다음에 부르는 이중대엽, 삼중대엽 등이 있다.
87) 삼삭대엽을 뇌성처럼 부르는 곡이라는 뜻에서 이르는 말로, 조선 숙종 때부터 고래의 하나의 희악(戲樂)을 본받아 지은 가곡 소용(騷聳)을 일컫는 다른 표현이다.

가에는 소상팔경, 소춘향가, 사친가, 새타령, 강호별곡, 고수심가, 평양수심가, 안빈낙도가, 사시풍경가, 사미인곡, 원부사, 화류가, 성주풀이, 농부가, 처사가, 죽지사, 백구사, 화류사, 석춘사, 단가短歌 여러 종 등을 예로 들 수 있다. 또한 시조 작가들 중에 특별한 경우로서는 정충신鄭忠信, 원호元昊의 숙명관적 자연, 정몽주鄭夢周의 인생에 상관하지 않는 무정한 자연, 억지로 자연을 굴복하려고 하다 도리어 굴복당하는 이안눌李安訥의 그것, 김천택金天澤의 승리감적 자연, 무정한 자연을 사랑하는 조식曺植, 체념한 반항적인 진이眞伊의 작품 등이 있는데, 이렇게 보면 시조 자체가 민요로서의 자격은 매우 흐려져 순수한 시로 취급하고 싶어진다. 가사, 잡가 중에서도 춘면가, 수심가, 배따라기, 제비가, 기타 특이한 것이 상당히 많다.

소위 연회 자리에서 부르는 노래 이외의 민요, 동요에서는 자연을 어떻게 보고 있는가 하면 여기에는 앞에서 말한 의식적인 것이 적은 대신 그만큼 우리에게 모래 안의 숨은 보석 찾기 같은 느낌을 주는 것이 많다. 예를 들어 복토가覆土歌(복토가란 죽은 자의 관을 묻을 때의 노래)에서 뿌리 깊게 마음속에 웅크리고 있는 풍수설의 영향도 알 수 있다. 노래는 다음과 같다.

산지 조종은 곤륜산 수지 조종은 황하수, 함경도 백두산의 영기가 흘러든다, 평안도 묘향산의 미기가 흘러든다, 황해도 구월산의 미기가 흘러든다, 강원도 금강산의 미기가 흘러든다, 경기도 삼각산의 미기가 흘러든다, 충청도 계룡산의 미기가 흘러든다, 전라도 지리산의 영기가 흘러든다, 경상도 태백산의 영기가 흘러든다.(충청도)

또한 소녀들 노래에 이런 것이 있다. 자연을 마음이 있는 인간처럼 취급한 점이 재미있다.

망개 망개 망도회道會, 모시동 모시동 까망개, 활량 견앵絹鶯
층암 대산 깊은 계곡에, 어머니를 찾으니 어머니 어디 갔소, 청산
이 뒤를 돌아 한숨 쉬며 대답했네, 불이 붙은 흑산이여, 잎이 나
와 청산이요, 꽃이 피어 화산이라, 언니 댕기 궁초댕기, 내 댕기
는 영초댕기, 통인通引 통인 금통인아, 객사 마당 놀러 온나.(경상
도 동부)

소녀의 노래에는 또한 자연 사물을 그녀들의 장난감으로서 취급하는 것이 있다.

달 가지고 안감 대고 해 가지고 겉감 대고 좀생이로 시치미하
고 무지개 끈을 달아서, 형부에게 주렸더니, 우리집 문 앞을 지날
때 부채로 얼굴 가리고 지났다, 박정하니 안 줄란다.(동부 경기
도, 서부 강원도)

농부 등의 자연 사물에 대한 태도는 어떠했을까 생각함에 한 예로 이런 것이 있다.

저기 떠 있는 저 구름에 어떤 신선이 타고 있나, 대국 천자국
에 노니는 신선이 타고 있지.(남방 이앙移秧가)

여백이 있어 써 둔다. 마감일도 지났고 머리도 세속의 업무 관계
때문인지 전혀 차분하지 않으며 참고자료도 어디로 들어가 있는지
보이지 않아서 마음에 떠오른 것을 되는 대로 마구 끄적인 것이므
로, 순서도 없고 맥락도 없이 우스운 글이 되어 버렸다. 예로 든 노
래도 전부 직역을 했으니 양해를 구한다.

—끝

자연을 대상으로 하는 조선의 신앙과 전설

•기시모토 신지•

● 기시모토 신지 ●

기시모토 신지岸本眞治(생몰년 미상). 실업가, 가인.
1929년 1월호 『진인眞人』에 강화도의 도자기 만드는 곳
을 소재로 한 단카가 수록. 편집후기에서 진인사 회원
에 대해서는 약력 소개를 생략하였으므로 진인사 멤버
였던 것은 확실하나, 단카나 다른 문학적 기고문은 거
의 없음. 다만, 1930년 12월 『조선매일신보朝鮮每日新報』
에 「1930년 인천경제계仁川經濟界」라는 회고문을 10회
에 걸쳐 연재. 1937년부터 인천물산仁川物産주식회사에
감사, 1939년부터는 역시 인천에 위치한 조선요업朝鮮窯
業주식회사에 이사로 중역을 역임. 인천을 기반으로 한
회사 실업가로 1929년 경성 진인사의 동인 활동을 잠
시 했던 인물로 보임.

자연을 대상으로 하는 조선의 신앙과 전설

동서양을 막론하고 어느 나라에서나 산천초목 일본 천계의 제諸 물상들처럼 소위 자연을 신 혹은 부처 등의 초자연과 결부하여 생각하려고 한 시대가 있다는 것은 부정할 수 없는 사실이다.

우주 창성에 관한 그리스 신화나 신주神州[88] 창성에 관련된 일본의 신화 등에 드러난 자연력의 신격화는 각각 그 국민의 종교적 자연관을 암시하는 것으로 보아도 지장이 없을 것이다. 그리고 이러한 관념은 고대 조선에도 공통적으로 발견되는 것이며, 여기에 조선사의 발단을 이룬 단군의 건국신화를 지적할 수 있다.

대저 단군에 관해 고래로 역사가들 사이에 여러 이론이 존재하는 것은 일본의 다카마가하라高天ヶ原[89]와 마찬가지이지만, 여기에서 그것이 실존 인물이었는지 아닌지의 사적 고찰은 내 목적 밖이므로 언급하지 않고 이하에 그저 단군의 추상적 의의에서 시작하

---

88) '神州'라고 쓰기도 하며 일본이 스스로 신국(神國)임을 자랑하는 미칭(美称)으로 사용한 말.
89) 『고지키(古事記)』 이래로 일본 신화에서 천신들이 사는 장소를 일컫는 말로 천상설, 지상설이 있음.

며 고대 조선 민족의 신앙에 이르기까지를 보고자 한다.

박학한 최남선 씨에 따르면 단군이란 Tengri, 혹은 그 비슷한 말의 음사音寫로 하늘을 의미하는 말에서 군왕의 호칭으로 바뀐 것이라 해석된다.

그리고 단군 창세의 무대인 태백산이란 지금의 백두산 또는 묘향산일 것이라는 것이 통설이 되어 있는데, 이것이 맞느냐 틀리느냐는 일단 차치하고 백두, 백운, 태백 등 산이름에 흰 백白을 포함하는 산들이나 단순히 백산(각지에 있다)이라 불리는 여러 높은 산들은 모두 신산神山이라는 의미를 지니는 것으로 생각할 수 있다. 백白이라는 글자는 원래는 광명이라는 정도의 의미를 갖지만, 옛날에는 하늘, 신 등을 의미하며 태양을 하늘, 신 등의 구체적 표현 혹은 화신이라고 보는 것이다. 천자라 부르는 것은 이상의 서술과 같은 견해에서 일어난 인격적 호칭에 다름 아니다. 그것은 일본에서도 제군帝君을 받들어 칭할 때 천자라든가, 아마쓰히쓰기天津日継90)의 자손이라든가 하는 호칭을 갖는 것과 관념 상 매우 닮은 것을 볼 수 있다.

이렇게 구상적 자연인 태양을 초자연의 신이라 보고 태양신 또한 민족의 태조라는 원시적 종교관이 태어난 것으로, 이렇게 본다면 선조를 숭배하는 마음이 깊은 조선인들에게 있어서 태양 숭배는 오히려 자연스러운 일이라 해야 할 뿐이다.

---

90) 아마노히쓰기(天の日継)라고도 하며 해의 황자로서 황조(皇祖)의 영(靈)을 이어 받는 것, 즉 일본의 황위 자체를 가리킴.

그런데 앞에서 말한 것처럼 각지에 산재하는 백산 즉 신산들은 부족과 지역의 변화에 상관없이 각각 그 지방 신화의 발상지이며, 민중적 신앙의 대상으로서 시인의 생활과는 뗄 수 없는 관계에 놓여 있었다.

마을의 공동 제사장인 당산堂山이나 산 사당 근처에 마련된 조탑造塔 등은 곧 그들 신앙의 표지라고 보아야 한다.

불교가 전래된 후 즉 고려시대에는 별마저도 부처라고 하여 불교, 도교 양 교도들이 섬겼으며 태양은 일광편조日光遍照보살, 달은 월광편조月光遍照보살로서 신앙되었다. 산악이 신앙의 대상이 된 것에 관해서는 다음과 같은 사화史話도 간과해서는 안 된다.

대선사 도선道詵91)은 신라 말기의 고승으로서 유명한 사람인데, 어느 날 문득 지리산 안에서 우연히 만난 한 괴이한 노인에 의해 '조선에 전화戰禍가 끊이지 않고 살기가 나라 전체에 가득 차 있는 이유는 산봉오리가 뾰족하게 솟고 귀신의 기운을 가지고 있으며 스스로 살벌한 기운을 서둘러 배양하기 때문이다. 내가 지시하는 산들에 사탑을 잘 건립하고 산신을 제시하라'는 가르침을 받고 곳곳에 사당을 지었으며 당시 사람들에게 대대적으로 신앙의 요지를 설파했다. 고려의 왕건 역시 도선을 찾아와 불교에 깊이 귀의하였으며 스스로 불교로써 국정의 기본을 삼을 정도였다.

---

91) 도선(道詵, 827~898년). 통일신라시대의 승려. 음양지리설, 풍수상지법(風水相地法)은 조선시대에 이르기까지 민족의 가치관에 큰 영향을 끼침. 저서에 『도선비기(道詵秘記)』 등.

개성에서 연중행사로서 이루어진다는 '극락 마중' 등도 역시 자연의 위력에 대한 외경에 기초하는 산악숭배에서 나온 것인 듯하며 산에 대한 그들의 신앙은 온갖 경우에 드러나 있다.

조선 특산의 명약인 산삼은 이를 채취함에 있어 우선 그 산의 산신에게 돼지를 바쳐 공양하고 길몽을 꾼 다음 이튿날 탐색을 하러 나선다는 습속이 있다.

대체로 전설이라는 것은 그 자체가 역사의 한 장 한 구를 이루거나, 정사의 뒷받침으로서 참조할 가치가 있는 것이며, 그 풍부한 정도는 역사의 신구에 정비례하는 것으로 보아도 지장이 없다. 이러한 관점에서 보자면 조선도 역시 훌륭한 전설의 나라이며 자연계, 특히 산에 관한 전설이 여러 종류 있는데, 큰 비가 올 때 하늘에서 내린 용이 영변寧邊 서쪽의 서창西倉에 있던 산을 베어 덕천德川까지 흘려보냈다는 수류산水流山 전설 등은 기발한 것 중의 하나이다.

황해도 풍천의 세청산洗淸山은 더러워지는 것을 꺼리고 싫어하는 산으로, 가뭄이 든 해에 마을의 부녀자들을 데리고 산에 올라 산상에 대소변을 보고 돌아가면 산신이 이를 깨끗이 하려고 이튿날에는 반드시 큰 비를 내린다고 한다. 산을 의인화한 것에 돈을 빌린 채로 변제하지 않는다는 정주군定州郡의 임해산臨海山이 있으며, 선산 부근에는 인재가 배출되는 것을 질투한 나머지 큰 잿불을 가지고 지표에 뜸을 뜨거나 큰 못을 박거나 한 이야기 같은 것도 전해진다. 평안남도 중화군中和郡의 수산水山은 이전에 화산火山이라 일컬어졌는데, 상원군祥原郡에 화재가 빈발하는 것이 그 이름의 저주일 것이라고 하여 수산이라고 개칭한 것으로 그 이후 전혀 불로 인한 재해가 없었다는 이야기도 있다.

대금강의 자연미마저도 이렇게 많은 전설이 뒷받침하고 있으며 또한 그윽하고 엄숙함을 존중하는 느낌을 더 깊게 만드는 것은 우리도 직접 맛본 바이다.

불모의 황무지를 바꾸어 아름다운 논과 좋은 밭으로 만들었다는 이야기는 인과를 믿는 일본에서도 흔한 이야기인데, 조선의 전설 중에는 이러한 종류의 것이 꽤 많고, 평안남도 아천阿川평야의 전설도 그 중 하나라 이야기할 수 있다.

조선은 자애로운 비의 은혜를 받는 일이 드물어 호우로 뜻하지 않은 재액을 입는 나라인 만큼 기우나 홍수, 기타 널리 물에 관한 전설도 상당히 남아 있다. 개천价川의 우걸지雨乞池, 장연長淵의 용정龍井, 개성의 대정大井, 대구의 연천鍊泉, 평양의 청류벽淸流壁, 순천의 윤씨연尹氏淵 등에 얽힌 전설 등이 그것이다. 금강산 문주담文珠潭에는 일본 미호三保의 마쓰바라松原[92] 전설에 비해 더 흥미로운 날개옷 전설이 숨어 있다. 그리고 물에 관련된 것이 많은 것은 용과 깊은 관계를 보인다는 점도 주목해야 할 사항이며, 용은 이웃 나라인 중국에서 금수禽獸로서 환영받았지만, 고려 시대 때는 이를 수중의 신과 더불어 모셨다고 한다. 수많은 이러한 전설이나 구비

---

92) 시즈오카현(靜岡縣) 미호(三保)반도에 있는 경승지로 그 솔숲의 아름다움이 유명.

를 통람하면 민족적인 사조가 드러나는 것을 선명히 엿볼 수 있으며, 그를 관통하는 종교적 색채를 인식할 수 있어서 흥미로운 것이 많다. 하지만 이러한 전설들이 일본의 그것과 근사점이 많아 일맥의 연계를 인지할 수 있는 것은, 내선內鮮의 고문화 유통과 교착의 흔적을 이야기함과 동시에 양 민족이 동근同根이라는 신비함조차 암시하는 것 같다. 바빠 허둥대면서 이와 같은 큰 주제의 문제를 다루는 것이 이미 곤란한 일이었는데, 게다가 현재 나로서는 이러한 난잡한 소견을 넘을 만큼의 연구 축적을 갖지 못하였다. 이에 이 소고를 마치며 나머지는 후일을 기하는 바이다.

— 끝

수수께끼와 속전俗傳과 자연

• 세코 도시오 •

● 세코 도시오 ●

세코 도시오瀬古敏雄(생몰년 미상). 가인.
1928년부터 1929년까지 『진인眞人』에 남긴 단카와 수
필 외에 그의 행적을 알 수 있는 자료가 현재로서는 없
음. 호소이 교타이細井魚袋와 친분이 두터운 듯 보이며
진인사의 회원이 되어 약 1년 반 동안 적극적으로 단카
를 기고함. '내교來校'나 '교가校歌' 등을 소재로 한 단카
의 내용으로 미루어 학교에 소속된 사람이었던 것으로
보임. 「겐지모노가타리에 나타난 사람들의 노래源氏物語
に表れたる人々の歌」의 6회에 걸친 연재를 비롯하여 이
시기 진인사의 중핵적 가인으로 활동했으나, 본 「조선
의 자연朝鮮の自然」 특집호를 끝으로 이름이 보이지 않
음. 『진인』에 수록된 그의 마지막 단카에 소시민들에게
연대를 선동하고 자본가 지주의 타도를 강력하게 주장
하고 있어, 이후 프롤레타리아 운동에 깊이 관여한 것
으로 추측됨.

수수께끼와 속전俗傳과 자연

그것은 아직 이른 무렵의 어느 가을밤 — 정말 차디찬 달밤이었다.

일그러진 성벽을 따라 난 오솔길을 덮은 잡초가 무성했다. 그리고 이슬에 젖은 벌레소리가 우리가 앞으로 나아갈 때마다 정숙한 여운을 남겼다.

"바다에 떠 있는 사발沙鉢이 뭘까?"

내 뒤에서 걷던 친구 L군이 잠깐 침묵한 뒤에 그런 수수께끼를 내놓았다.

그 새하얀 차가움, 그러면서도 그 안에 무언가 깊은 그리움을 포함하고 있는 — 그런 차가움을 지닌 사발이 나는 너무 좋다. 나는 그러한 감촉을 기본으로 하여 사발과 무언가를 결부시키려고 머리를 짰다. 그러자 그는 힌트를 주는 듯한 어조로 말했다.

"자네 그림자를 보시게."

성벽을 따라 나 있는 담쟁이덩굴의 잎 — 달의 차가운 감촉을 그대로 머금은 이슬에 빛나는 담쟁이덩굴 잎에 비쳐 잡초에서 꺾여 구부러진 내 그림자를 보았다. 그 순간, 정말 순간이었다. 나는 그 차가운 달이 맑고 깨끗하게 뜬 하늘을 떠올리지 않을 수 없었다. 그리고 달과 하늘을 다시 보게 되었다.

이 얼마나 시적인 수수께끼인가! 사발은 누구나 알고 있는 것처럼 주로 중산 계급 이하의 생활과 가장 밀접한 거리에 있는 식기이다.

바다 같은 푸르름과 넓이를 자랑하는 조선의 하늘. 정말 맑은 하늘에 뜬 선명한 달을 바라볼 때 그들 마음에 직감되는 것은 소박한 민족의 모든 것이 그러하듯 일상생활에 가장 깊은 친밀함을 지닌 것이었으리라.

그리고 그것이 사발이었던 것이다. 나는 붓으로는 표현할 수 없지만 거기에 조선 민족 특유의 시정詩情을 직감할 수 있으리라고 본다.

다시 한 번 반복해 보자.

"바다에 떠 있는 사발."

이 상징시의 한 구절을 그들은 온돌의 깊숙한 창 안에서 향락하면서 부모에게서 자식에게로 그리고 현대로 전한 것이다.

나는 이 시정 풍부한 수수께끼 속에서 미운 적을 입이 얼얼하게 생강薑에 결부시킨 기키記紀 가요[93])의 발생 연대의 우리 일본 선조

---

93) 7, 8세기 『고지키(古事記)』와 『니혼쇼키(日本書紀)』에 수록된 와카 이전의 오래된 고대 가요들을 칭함.

들의 소박한 진심을 그리워할 수 있다.

　나는 사발의 역사를 모른다. 설령 그것이 새로운 것이라고 하더라도 소박한 조선 민족의 시적 감각을 말하는 자연시의 한 구句일 것이라고 생각한다.

　어쨌든 그것은 맑게 갠 저 넓은 하늘에 떠오른 달을 올려다볼 때마다, 풍부한 곡선미의 조합으로 이루어진 초가지붕 아래에서 새하얀 모습을 어둠 속에 드러내며,

　"바다에 떠 있는 사발은?"

하고 수수께끼를 냈을 때 하늘을 올려다보던 옛날 조선 사람들을 떠올리며 부드러운 미소를 금할 수 없는 것이다.

　그리고 바가지의 흰 꽃과 나란히 서 있는 저녁 무렵의 소녀들에게 '바다에 떠 있는 사발은?' 하고 수수께끼를 내고 싶은 충동을 몇 번이고 억누른 것인지.

　쑥쑥 자라는 포플러 한 잎이 바람도 없이 가벼운 소리를 내며 우리들 발밑으로 지는 아침에, 우리는 깊이 그리고 점점 찬 기운이 더해가는 하늘을 멀리 올려다보며 절절히 가을을 알게 된다. 그리고 그 견고하고 황량한 겨울이 가까워오는 것을 생각지 않을 수 없다.

　바싹 마른 포플러 잎, 그 잎들은 손도 없이 흔들고 가는 것(바람)을 기다리고 있었던 듯 차가운 바람이 거칠게 불어오면 그 편안했

던 까치집을 나목裸木 안에 검게 남기고 높은 천공으로 출발하기 시작하는 것이다.

고엽枯葉, 고엽이여! 너는 어떤 소식을 가지고 가는 것이냐?

새빨간 고추를 말리는 초가집 벽에 기대어 가련한 아이는 그렇게 말을 건다. 조선 아이가 건네는 말이 '하늘에 편지를 가지고 가는 것은 뭐게?'라는 수수께끼가 되어 전해졌다.

저녁 해가 질 무렵 나목의 가지 끝에서 까치가 울고 있다. 마른 잎이 날아간다.

여러 로맨스의 신비로 장식된 하늘나라에 대한 동경이야말로 소박한 사람들의, 그리고 신비적 존재인 아이들이 가지고 있는 공통점이다. 자유롭게 높이 날아가는 마른 잎. 그것이 하늘로 편지를 가지고 가는 역할을 맡는다.

"하늘에 편지를 가지고 가는 마른 잎이다."

직설적으로 자기 표현하는 동요, 민요 그 자체의 감각이 아닐까? 이 시적인 상상 ─ 직관에서 나온 수수께끼야말로 조선 민족의 내면 깊이 잠재하는 시정의 일면일 것이다.

조선은 민요의 나라라고 일컬어질 정도로 많은 민요를 가지고 있다는 것을 모르는 사람이라도 이러한 수수께끼가 갖는 시의 맛을 통해 수긍할 수 있는 점을 파악할 것이라 생각한다.

굵은 포플러 줄기에 기대어 한 소녀가 수수께끼를 낸다. 구부려 앉아 마른 잎을 가지고 놀던 소년은 풀 수 있다는 자긍심을 그대로 드러내며 '마른 잎'이라 대답하고 웃는다. 소녀는 다시 그리운 듯

하늘을 올려보았다. 그러나 이제 거기에는 날아오르지 못한 낙엽이 쓸쓸히 초가지붕에 떨어지는 것을 보게 될 뿐이었다.

이러한 황량함이 조선의 자연 속에 흐르고 있다.

조선에는 이런 속전俗傳이 있다.

무지개가 솟은 곳에는 보물이 있다.
무지개는 선녀가 목욕할 때 거는 다리다.
무지개를 가리키면 그 손가락이 썩는다.

소박한 태고의 쓸쓸한 미적 감정을 가지고 있는 반면, 조선 민족은 우아하고 로맨틱한 그것을 가지고 있다는 것을 알게 된다.

그 붉은 살갗의 민둥산에서 하늘로, 아름다운 반원의 색채, 조선의 무지개는 멋지다. 거기에 이야기의 세계를 상상한 그들이 무지개와 보물을 연결시키는 것은 하나도 이상하지 않다. 이야기의 세계, 꿈의 나라, 그러한 상상을 하지 않을 수 없었던 그들의 정감에 나는 내 소년 시절을 회상할 수밖에 없다.

그들은 완전히 소년다운 꿈을 그리고 있다.

그 황량한 산하에 둘러싸여 생활하는 사람들은 아름다운 반원의 색채 위에 선녀의 아름다운 나체의 선을 시각과 촉각으로 느낀 것이다. 그들의 상상은 시인의 상상이었다. 그리고 거기에 한없는 쾌감을 느낀 것이다.

하지만 어떤 소박한 민족이고 다 그랬듯 탄미하던 활 모양의 무지개 색채는 신비적 현상이었다. 그것은 공포이자 경원의 대상이었다.

민족 생활과 동시에 존재했을 민요가 그 민족의 미감에 관하여 이야기하듯 수수께끼와 속전도 명백히 그것을 이야기하고 있다. 특히 자연에 대한 미감의 발로가 수수께끼라는 형식에 의해 더구나 노래하는 시가 아니라 읽는 시, 말하는 시로서 성립한 것은 흥미로운 일이다.

수수께끼를 두 개밖에 풀지 못하고 속전을 세 개밖에 예로 들지 못한 사이에 예정한 원고 매수의 반을 써 버렸다. 하지만 수필과 같은 글이니 어디에서 끊어 버린다 해도 괜찮으리라.

조선의 산하는 죽어있다고 말한다. 붉은 살갗의 민둥산, 코크스[94] 같은 바위산. 그러니 식수植樹가 장려되고 보안림 면적이 넓어지고 있다. 소위 녹화 방침이 해마다 증가한다. 그것은 좋은 일이다. 하지만 나는 때때로 터무니없는 몽상가가 된다.

나는 그리움과 친밀함을 가지고 사랑한다. 조선의 자연을. 그러나 그것은 녹색옷을 둘렀기 때문이 아니다. 파랗고 풍요로운 띠를

---

94) 해탄(骸炭)이라고도 하며 점결탄, 아스팔트, 석유 등 탄소가 주성분인 물질을 가열하여 휘발 성분을 없애고 구멍이 많은 검정색 고체 탄소 연료

두른 강이 아니다. 내가 사랑하는 자연은 저 태고적 황량한 그것의 맑고 건조한 적요함이다.

완전히 갠 맑은 대기에 휩싸여서 바싹 마른 강, 멀리 우뚝 솟은 바위산, 교목喬木다운 것도 없이 매끄러운 선을 노출하고 있는 붉은 살갗의 산. 그 밝기와 똑같은 밝기의 산하가 이루는 대조, 아니 조화. 거기에서 양성된 그 황폐한 미이다. 중국 문화를 일본으로 건네 준 그 큰일을 마치고, 피로와 쇠퇴 그 자체의 자연의 자태가 가진 미이다. 그 미에 나는 회고적 그리움과 친밀함을 느끼며 사랑한다.

그래서 녹화되고 수정되는 산하를 보면 참을 수 없이 적적해진다.

조선의 자연 경물로서 나는 까치를 사랑한다. 황폐한 산야, 폐가廢家 위를 나는 까치의 울음소리는 칠석의 전설에 등장하여 미화된 모습보다 훨씬 잘 어울리고 황폐하고 적적한 미감을 더해 준다.

그래서 그 김에 이 까치가 조선 사람들에게 어떤 식으로 비치는지를 조금 적어보기로 한다.

속전에 정월 초하루에 까치가 울면 그 해는 풍년이라고 한다. 저렇게 아무 곳에서나 날고 있는 까치가 하필 정초에만 모습을 감출리가 없다. 아마도 그 날 우는 것을 꼭 듣게 되는 것이리라. 그리고 그것을 듣는 사람들은 그 해의 풍년을 예기하고 따뜻한 정월을 보낼 것이다. 얼마나 행복한 사람들인가. 그거야 어쨌든 간에 까치는 상서로운 새여야 한다.

까치가 집 남쪽 나무에 둥지를 틀면 그 집 주인이 관리로 등용된다고 한다. 그 때문에 일부러 남쪽 나무 근처에 마른 나뭇가지를 흩뜨려놓기도 한다. 이는 앞의 이야기보다 약간 실현성이 부족하기는 하지만, 관리로 임용되는 것을 지상의 행복이라고 여기던 시대의 심리상태를 엿볼 수 있다. 어쨌든 상서로운 새다.

하지만 이 길조도 저녁에 와서 울면 흉사凶事가 있을 것이라 여겨졌으니 다 좋은 것은 아니다.

무릇 인간이란 꽤나 자기 마음대로다. 마음대로 상상하거나 정해 버리거나, 스스로를 안심시키거나 걱정시키거나, 기뻐하거나 슬퍼하거나 하니 참으로 재미있다.

그것은 그렇고, 앞에서 말한 것과 같은 이유로 조선의 자연미가 동요하는 것은 확실하다. 그리고 그 젊어지는 방식이 어느 정도까지 성공할지도 두고 볼만하다. 결코 호르몬 주사를 놓을 수 있는 것도 아니고, 결국 예의 그 하늘로 올라간 노파가 몇 살이 되어도 젊디젊게 무대 위에서 모습을 보이거나 우자羽左95)가 공주님 역할

---

95) 십오 대 째 이치무라 우자에몬(市村羽左衛門, 874~1945년)으로 보임. 가부키(歌舞伎) 배우로 시대를 대표하는 미남으로 유명. 가부키에서는 미남 배우가 여성의 역할을 연기함.

을 하거나 하는 것처럼 밖으로부터 이 지질학적으로 노쇠한 산야를 채색해가는 것 외에 방법이 없지만, 이상하게 되는 것은 아닐까 걱정이 된다. 이것 또한 쓸데없는 기우일지도 모르겠다. 하지만 걱정하지 않을 수가 없다. 내가 사랑하는 것이 진정한 모습을 잃어가고 있으니.

질정을 받을지도 모르겠지만 나는 때때로 이런 터무니없는 몽상을 품는 것이다.

조선에서는 아직 혈거穴居 생활을 볼 수 있다. 이것은 결코 태고의 건축을 모르는 사람들이라서가 아니다. 재산 분배가 불공평한 사회제도의 결함에서 오는 비참한 사람들의 어쩔 수 없는 모습인 것이다. 하지만 솔직히 말해 이 혈거생활이 조선의 자연미에 멋지게 어울리는 감각을 준다. 상상해 보시라.

푸른 풀의 산. 그리고 거기에는 푸른 둔덕이 솟아오르고 또 솟아올라 이어져 있다. 초여름 저녁이다. 그 적요한 정감 속에 흰 천이 널려 있다. 그리고 혈거 사람들이 피우는 짙은 자주색 연기가 흔들리며 올라간다. 이 태고적 광경은 예술가 입장에서 회고懷古할 거리가 되는 것이다.

—1929년 5월 23일 원고

장진강長津江 상류 지대

• 미치히사 료 •

●미치히사 료●

미치히사 료道久良(1904~?). 가인, 농부, 기수.

가가와 현香川縣 출생. 노구치 요네지로野口米次郎에게 단카를 사사했으며 한반도로 건너온 시기는 확실하지 않으나 스무 살 무렵인 1923년 단카 잡지 『진인眞人』 창간부터 관여함. 진인사가 본 「조선의 자연朝鮮の自然」특집호를 기획한 시기에는 조선총독부 직속기관인 신의주 영림서의 기수技手였음. 1930년대에 들어서는 동업에 종사한 기록 등도 보이지만 가인으로서의 업적이 주요 활동. 경성 진인사에 기반한 미치히사는 잡지의 중심이 도쿄로 옮겨지자 조선의 단카를 수합, 선별하여 도쿄 진인사로 발신하는 역할. 점차 조선에 대한 애착과 한반도 가단을 통솔하는 책임자 의식을 강하게 가지며 '조선을 사랑하고 조선에 뼈를 묻을 각오가 된 사람에게서 비로소 조선의 맛을 담아내는 단카가 나온다'는 입장을 천명. 1943년 조선문인보국회朝鮮文人報國會가 결성될 때 이사 겸 사업부장에 임명되어 20년 이상 한반도 단카계를 대표한 인물.

장진강長津江 상류 지대

형식적으로 조선의 자연미를, 적송赤松을 주체로 한 자연미와 기타 수종樹種을 주체로 한 자연미 두 가지로 구별하는 것도 한 방법이지 않을까 생각한다. 보통 우리가 조선답다고 하고 또한 많은 사람들의 눈에 비치는 조선의 자연은 주로 전자, 즉 적송이 그 주요한 부분을 이루는 자연이다. 후자에 속하는 것 중에서 낙엽송 또는 등자나무, 전나무 종류를 주체로 한 자연미는 오로지 압록강, 두만강 유역의 삼림지대에서만 볼 수 있다. 이 둘은 주로 기온의 영향에 의한 식물대의 변화에 의해 나타나는 것으로 같은 조선의 자연미라고 해도 상당히 다른 점을 지닌다.

장진강 상류 지대의 자연미는 이 후자에 속하는 것으로 그 지역은 압록강의 지류 장진강이 흐르는 일대 지역, 즉 낭림산맥 동쪽의 해발 삼천 자 이상의 고지96)를 가리키는 것이다.

---

96) 평균높이가 1,340미터에 이르는 개마(蓋馬)고원. 개마고원은 북쪽으로 압록강, 동쪽으로 운총강 계곡, 남쪽으로 함경산맥, 서쪽으로 낭림산맥에 둘러싸여 있으며 남서부의 장진군 일대는 장진고원이라 부름.

경성을 출발하고 나서 삼일 째 아침이다. 우리는 지금 낭림산맥의 지맥이 일본해를 향해 달리는 황초령黃草嶺을 넘어 장진강 분지로 향하고 있다. 함흥을 출발하여 경편철로의 종점 오로리五老里에 내린 우리 일행은 늦더위가 아직 가시지 않은 팔월 말의 길을 배낭을 메고 멀리 낭림산맥을 건너편으로 바라보면서 밭길을 걸었다. 며칠 전의 홍수로 씻겨 내려가 버린 길에는 자갈들이 가득 드러나 있다. 참외를 파는 조선 아이들이 그 길 옆에서 놀고 있는 것도 경성의 여름을 보내고 온 우리들 눈에는 친근하다. 우리는 참외를 먹으며 이후 몇 달 동안의 산 생활을 기대하며 강변을 따른 완만한 경사 길을 거슬러 올라간다. 조선에서도 드물 정도로 맑게 갠 비온 뒤의 하늘을 배경으로 전개된 산과 황야, 우리로서도 좀처럼 경험할 수 없는 기분 좋은 풍광이었다.

그날은 육 리 정도 걷고, 황초령을 골짜기 건너편으로 올려다 본 진흥리眞興里라는 작은 촌락에서 묵었다. 그 숙소는 이 부락에서도 비교적 괜찮은 집으로 창에서 보면 단애절벽의 바로 밑이 온통 풀로 덮인 강변으로, 그 안을 푸른 물이 흐르고 있다. 거기에는 옷을 빨고 있는 조선 여인이 있다. 곳곳에는 물을 이용하여 곡식을 찧는 절구가 만들어져 있다. 물이 가득 고이면 머리 쪽이 높이 뛰어오른다. 느긋하게 펼쳐진 전망은 산이 아니고서는 볼 수 없는 소박한 풍경이다. 우리는 땀에 젖은 몸을 말리고 산에서의 첫날밤 기분 좋게 잠들 수 있었다.

이튿날은 아침 일찍 진흥리를 출발했다. 그때부터 점점 길은 가

팔라졌다. 올려다보니 사천 자나 되는 황초령이 바로 위에 보이는 것이 아닌가! 중턱에서 점심을 먹은 우리는 한마음으로 급하고 험준한 길을 올라갔다. 고개에는 이미 가을 풀꽃이 피어 있다. 냉풍이 땀에 젖은 셔츠를 통해, 바로 방금 전까지 여름이라고 생각되던 더위를 잊게 해 주었다. 그래도 고개의 절정까지는 거의 경사가 없는 산허리 길을 반리 이상이나 걸어야 했다.

우리가 경성을 떠난 때부터 동경해 마지않던 황초령, 낭림산으로 향하는 장진강 분지의 문을 이루는 황초령의 정상에 지금 서 있는 것이다. 우리는 지금 일본해日本海(동해, 역자)의 바닷물과 황해의 물이 나뉘는 황초령 분수령에 서 있다. 뒤돌아보니 지금 올라온 진흥리의 골짜기가 급경사 바로 아래에 보인다. 반대로 장진강 분지는 그 중앙에 도로가 한 줄 달리고 그 안을 무수한 빈 소수레들이 돌아간다. 나는 그때까지 고원의 가을이 이렇게 기분 좋은 것일 줄은 몰랐다. 이 분지는 전체가 삼천 자 이상의 해발을 가져 조선에서도 가장 높은 고원지대이다. 기온이 낮기 때문에 벼도 생육하지 못하여 사람들은 감자와 귀리를 경작해서 생활하고 있다. 귀리는 조선 중 여기에서 가장 많이 나므로 가을이 오면 군마의 식량을 사러 해마다 사람들이 온다고 했다.

고개 위에서 한숨을 돌리고 우리는 돌아오는 소수레를 얻어 타고 고토리古土里를 향했다. 고토리는 정상에서 완만한 경사길을 일리 정도 내려온 곳에 있는 작은 부락이다.

이튿날 잠에서 깨자 밖에는 온통 서리가 내렸다. 생각해 보면 아직 9월 1일인가 2일 무렵이었다. 멀리까지 내다보니 산이고 언덕이고 모든 것이 들국화에 파묻혀 있었다. 아침의 찬 기운을 맞으며 태양이 그 위를 비추고 있다. 그 속에 방목하는 소가 노닌다. 아침 햇빛에 둘러싸인 고원 언덕 위에는 물색 하늘이 끝도 없이 펼쳐져 있다. 고원의 자연은 이렇게도 아름다운가, 내 마음은 희미한 경탄을 느끼지 않을 수 없었다.

낮 무렵이 되자 부락 소녀들은 고원의 딸기를 따고 돌아 왔다. 함지박에 한가득 담긴 딸기를 머리에 이고 소녀들이 서너 명씩 짝을 이루어 돌아온다. 일도 없는 이 근방의 소녀들의 이 단조로운 일과 역시도 나로서는 아름다운 것으로 여길 수밖에 없었다. 이 전인가 삼 전의 동전을 주니 그 여자애들이 기뻐하며 딸기를 나에게 준다. 소녀들의 소박한 기쁜 얼굴을 나는 지금도 여전히 잊을 수 없다. 마음도 얼굴도 깨끗한 그 소녀들을 나는 언제까지고 잊지 못하리라. 이렇게 이 고원에서 낭림산맥에 걸친 우리의 삼 개월 생활은 쾌적한 것이었다.

이 거대한 고원 중앙의 분지를 한 줄기 장진강이 흐르고 있다. 압록강의 지류이기는 하지만 도리어 그 본류보다도 긴 길이를 갖는다고 한다. 그 왼쪽 기슭 건너편에 높이 보이는 것이 조선의 중앙산맥인 낭림산맥이다. 일대가 옛날부터 내려오는 거대한 삼림의 아름다움과, 그리고 넓은 면적의 화전火田으로 이루어져 있다. 강 가까운 평탄지는 거의 전부가 물이 풍부한 옥토이기는 하지만, 추위가 일찍 찾아오는 것과 여름 기온이 낮은 점 때문에 아무것도 잘 자라지 않고 그저 황폐한 채 버려져 있다. 하지만 여기 경사 지대는 얼마 전까지는 사람들이 거의 살지 않았던 곳이었던 듯한데, 땅이 매우 비옥하기 때문에 옛날 대삼림은 다 타버리고 온통 화전으로 되어 있다. 그리고 십 년 전까지 대삼림의 흔적이 화전 안에 무수한 수목이 타고 남은 밑동만이 남아 있다. 거기에서도 인간 힘의 무모함과 위대함을 생각하지 않을 수 없었다.

이렇게 이 경사 지대에서는 맛있고 큰 감자와 다량의 귀리가 수확된다. 경성을 출발해서 원산에서 우리가 온 것과 같은 길을 통해 이 고원을 지나 경의선 또는 압록강 쪽으로 나간 사람들은 누구나 이 고원에서 나는 감자가 맛있다는 점을 말하지 않는 자가 없다. 우리는 일하다 지치면 밭 안에서 돌을 구워 그 구워진 돌로 흙 속에 간단한 석굴을 만들고 이 감자를 자주 구워 먹곤 했다. 그것도 우리들의 산 생활에서는 잊을 수 없는 일 중의 하나가 되었다.

낭림산맥의 가장 높은 산을 대백산大白山[97]이라고 한다. 높다고 해도 해발 육천오백 자 정도의 산인데, 그 위치가 북방으로 치우쳐 있어서 일본의 비슷한 높이의 산에서는 볼 수 없는 신기한 것들이 많다. 산록은 예로부터 밀림을 이루고 있어 보통 사람들이 들어간 적이 없는 대삼림인데, 이 안에도 곳곳에 산삼을 캐는 사람들의 오두막이 지어져 있다. 이러한 산삼을 캐는 사람들의 오두막은 압록강 유역의 온갖 밀림 속에 없는 곳이 없다. 마침 산삼 잎이 무성한

97) 자강도 낭림군의 높이 2077미터의 백산을 일컬음.

6,7월 무렵이 되면 옛날부터 이 근처에 살던 심마니들은 목욕재계하고 산으로 들어간다. 그들의 산속 밀림에서의 생활은 우리가 옛날이야기에서 자주 듣는 행자들의 생활과 거의 다를 바 없다고 한다. 그리고 그들은 이 밀림 속의 온갖 곳을 산삼을 찾아다닌다. 그들에게도 큰 미신이 있는지 밀림 속 곳곳에 작은 무언가를 모시거나 한다. 그 지역 조선인들의 이야기에 따르면 도중에 흉한 징조라도 있으면 그 해에는 심마니를 그만두고 돌아온단다. 이 심마니 이야기도 연구해 보면 꽤나 재미있는 점이 있을 것 같다고 생각한다.

예로부터의 밀림을 지나 올라가면 갑자기 식물이 바뀌는 변화를 느낀다. 어두침침한 밀림을 빠져나와 고산성 초목이 울창한 이 초원으로 나왔을 때의 그 좋았던 기분은 오로지 산에 오른 자만이 알 수 있는 기분일 것이다. 고산의 풀꽃들은 온갖 것이 모두 담채색 청초한 꽃들이다. 청초한 꽃들이 한 면 가득히 활짝 피어있다. 그 안의 바위에 걸터앉아 쉴 때는 이 지상의 온갖 추악한 것들을 떠올리지 않게 된다. 이때만큼 청신한 기분을 맛본 적이 없다. 아무런 방해물 없는 산위의 꽃밭은 그대로 끝도 없는 창공으로 이어진다. 우리가 경험할 수 있는 가장 순수하게 아름다운 전망이라고 생각했다.

꽃밭을 빠져나가면 그 위에 일대의 누운잣나무 대帶가 있다. 그리로 가면 아름다운 꽃을 피게 할 풀도 없어서 여기에서 우리는 산의 적요함을 맛봐야 했다. 이 사이를 지나면 그 위에 대백산의 정상이 있는 것이다. 새카만 화산암 사이로 이름도 모를 고산성 작은 잡초만을 볼 수 있는 곳, 여기가 대백산 정상이다. 멀리 바라보면 이 산을 중심으로 하여 남북으로 달린 낭림산의 주산맥은 다소 낮고 곳곳에 작은 기복들을 이루고 있다. 동서로는 주맥에서 벗어난 산들이 멀리 낮게 이어지고 있다. 조선 서해안을 향한 사방의 산들에는 거의 삼림다운 삼림을 볼 수 없다. 장진강을 향한 동쪽 산들은 시야에 들어오는 저 끝까지 모두 옛 모습 그대로의 삼림과 그 아랫자락에 노랗게 익은 귀리밭이 펼쳐져 있다. 조선의 중앙산맥 위에 선 우리는 조선의 온 모습을 여기에서 한눈에 볼 수 있었다.

이렇게 산에서 지낸 우리의 삼 개월은 끝났다. 산에서 가장 두려웠고 또한 가장 장쾌하게 느낀 것은 고산의 안개가 밀어닥친 것이었다. 날씨가 조금 이상해졌다고 생각한 때 금방 산을 내려오면 안개를 만날 경우가 적지만, 그것을 조금 버티고 있다가 안개에 휩싸였을 때의 그 두려움은 평탄한 땅에서는 상상도 못할 일이다. 고산의 안개는 아주 갑자기 닥쳐오는데 또한 사라져가는 것도 빠르다. 갑자기 안개가 밀려오면 주위가 저녁처럼 어두워진다. 경험이 없이 처음 겪는 사람은 길을 착각하여 잘못 들어 버린다. 하지만 이런 경험도 익숙해지면 아무렇지 않다. 이런 때 우리는 항상 인부들과 함께 불을 피우고 바위 사이나 움푹 들어간 곳에 숨어 개이기를 기다린다. 고산의 안개는 한 시간 정도 지나면 대개 갠다.

이런 안개가 낭림산에서는 정말 잦다. 마침 가을이 시작할 무렵이어서 기후 탓이었을지도 모르겠지만 이런 일도 낭림산의 추억거리로 남았다.

내가 이쪽에 여행을 하고 나서 삼 년 정도 사이에 장진강 유역도 상당히 변했다고 한다. 지금은 장진강의 물줄기가 막혀 압록강을 지나 황해로 흘러들어간 물이 도중에 십 리 이상의 산맥 안 터널을 지나 일본해 쪽으로 떨어지게 되었다고 한다. 일본해에 면한 급경사의 산허리에서 떨어지는 장진강 물줄기가 수백만 킬로와트의 전력을 공급할 날이 앞으로 일 년도 채 남지 않을 것이다. 인간의 힘도 대단하다. 장진강 상류의 자연도 이러한 공사에 의해 내가 갔을 때와는 어지간히 변했을지도 모르겠다. 우리는 과학에 의해 구축되어 가는 우리의 문명을 축복함과 동시에 한편으로는 점점 파괴되어 가는 자연미 때문에 슬퍼해야 한다. 이 글도 또한 쇠퇴해가는 장진강 상류의 자연미를 위해 최소한의 위로가 된다면 그걸로 족하다고 생각한다.

— 끝

느긋한 선이다

●이치야마 모리오●

● 이치야마 모리오 ●

이치야마 모리오市山盛雄(1897~1988년). 가인, 실업가.
야마구치 현山口縣 출생. 1915년 니혼日本간장주식회사
(곧 노다野田간장주식회사가 됨)에 입사. 1918년 노다간
장주식회사의 펑텐奉天 출장소장을 거쳐 1922년 경성으
로 옴. 경성으로 와서 처녀 가집『옅은 그림자淡き影』를
시작으로 활발한 단카 창작 활동을 하며 이듬해 한반
도의 유력 가인들을 규합하여 경성 진인사眞人社를 창립
하고 전문 잡지『진인眞人』을 창간. 한반도 단카계의 개
척자 격으로 가단 활동을 주도하였으며 조선 민요에
관한 1920년대 후반의 담론을 모아 조선 민요에 관한
최초의 연구서『조선 민요의 연구朝鮮民謠の研究』(도쿄
사마모토坂本서점, 1927년)를 간행. 다방면의 문학적 활
동과 더불어 실업가로서도 회사에서 인정받아 1929년
노다간장주식회사의 조선출장소장 겸 인천공장장에 취
임. 약 10년간의 한반도 생활을 담은 가집『한향韓鄕』을
1931년 발표하여 반향을 얻었고 한반도 관련 단카의
대집성이라 할 만한『조선풍토가집朝鮮風土歌集』(1935년)
편찬 주도 도쿄東京로 돌아간 후에도 실업가와 가인으
로서 만년까지 꾸준히 활동.

느긋한 선이다

"조선은 마치 옛날이야기의 나라 같군……"

와카 행각歌行脚[98])으로 조선으로 오셨다가 완전히 조선 찬미자가 되셨던, 지금은 고인이 된 와카야마 보쿠스이若山牧水 씨의 말이 아직 내 귓가에 맴돈다.

정말 저 느긋한 선의 붉은 산 아랫자락에, 어느 날은 골짜기 아래를 흐르는 경사가 적은 암초와 모래땅이 많은 강변에, 버섯이 서로 겹치듯 산재하여 인가라고는 생각할 수 없을 정도의 작은 초가집들이 굽이굽이 구부러진 토담에 에워싸여 있다. 곳곳에 포플러나무가 자라고 까치둥지가 높이 걸려 있다. 때로는 부락 사람들의 유일한 안식처가 되는 홰나무 고목이 무성한 잎을 펼치고 서 있다. 큰 박 열매가 지붕 위에 뒹굴고 있다. 고추가 말라 새빨개졌다. 그런가 하고 보면 온돌방의 작은 창을 열어 허리를 구부리고 어슬렁어슬렁 나오는 긴 담뱃대를 물고 검은 갓을 쓴 흰 옷 입은 영감이

---

98) 행각승이 여러 곳을 걸어다니며 수행을 하듯 가인이 와카를 지으며 먼 곳을 다니는 것.

있다. 머리 위에 물병을 얹은 어머니가 지나간다. 흰 무늬를 달고 꼬리가 길며 사람 시체를 물리도록 먹은 까치가 들판에서 일하고 있는 농부들과 친구가 된다. 거기에 누워 있는 소 머리에도 아무렇지 않게 툭 내려앉는다. 그것은 옛날이야기의 나라에서 빠져나온 한 폭의 두루마리 그림의 전개이다.

조선은 선이 분명한 나라다.

선의 아름다움이 이 나라의 전부이다. 나는 항상 그렇게 생각한다. 적토산 사이를 누비며 흐르는 강의 선, 버드나무 나부끼는 봄 끝의 부드러운 선의 아름다움, 완만한 혹은 뾰쪽한 산악의 선이 푸른 하늘에 그려진다.

정원미가 부족한 이 나라에 천혜와도 같은 느긋한 선의 아름다움이다.

조선의 하늘은 맑다.

온갖 사치스러운 생활에 질려버린 고려왕은 어느 날 가까운 신하에게 저 상쾌하게 맑은 하늘의 색을 갖고 싶다고 했다. 전국의 도자기 만드는 사람들은 자기야말로 일세의 영화로움을 얻겠다며 앞다투어 하늘의 색을 내는 데에 심혼을 기울였다. 그것이 세계에 빛나는 고려의 도자기 예술을 낳은 것이다.

조선의 하늘은 정말 아름답다. 내가 일본 여행을 한다고 해도 그 묵직하고 내리누르는 듯한 하늘은 불쾌하다. 천혜를 입은 조선의 하늘이다. 내 마음을 붙잡는 하늘이다.

느릿한 발걸음이다.

학이 난다. 학이 난다. 맑게 갠 하늘을 높이 정처 없이 소리를 내며 학이 날고 있다. 눈동자를 아래로 떨구면 논밭 안의 백로 발걸음은 조용하다.

비가 내리든 눈이 내리든 유유히 서두르지 않고 너무도 느긋한 흰 옷을 걸친 조선 사람들의 발걸음도 또한 느릿하다.

조선 사람들은 남녀 모두 상체를 꼿꼿이 세우고 발을 바깥쪽으로 향해 팔자걸음으로 걸으며 대범한 태도로 한 걸음 한 걸음 천천히 발을 옮긴다. 신분이 높은 사람일수록 그 발걸음은 느긋하다. 하천한 사람들의 발걸음은 성급하다. 따라서 느린 걸음은 자기를 과시하는 의식적인 습성일지도 모른다.

또한 조선의 복장은 균형을 중시하고 직선적인 의상을 존중한다. 그 직선의 흐트러짐에 특히 신경을 쓴다. 복장 본래의 성질은 보행의 민첩함에 적합하지 않다. 천천히 걷지 않을 수 없다고 한다. 어쨌든 조선의 자연은 여기에도 좋은 조화를 부여한다.

평온한 밤이다.

조용히 울리는 다듬이 소리에 내 마음은 항상 온화해진다. 조선의 아녀자들은 빨래와 재봉과 밥 짓기가 하루의 일이다. 빨래는 그 가장 다대한 시간과 노력이 들어가는 일이다.

일년 내내 강변을 찾아 빨래터로 삼는다. 하천에 물이 마른 때에는 산간이든 계곡이든 반 리, 일 리씩도 아무렇지 않게 간다. 그리고 빨래에 적합한 곳에는 여자들이 무리를 이루어 맨발로 웅크려 앉아 맨발로 빨래방망이를 휘두른다. 그 빨래방망이 소리는 느긋한 매미소리와도 섞인다. 빨래한 흰 천은 산 중턱에 널고, 바위 위나 풀 위에 몇 줄씩 늘어놓고 말린다. '하이얀 옷을 말린다고 전하는 아마노가구야마天の香具山'99)를 방불케 한다. 나라奈良 시대의 꿈이다. 해가 저물면 온돌방으로 들어가 나무 위나 매끄러운 돌 위에 흰 천을 놓고 밤새도록 두드린다. 그 소리는 천지 적멸의 어둠을 깨고 널리 울려 퍼지는 것이다. 조선 사람들은 대개 첩을 두고 있다. 그리고 첩이 하는 밤의 일이 이 다듬이질이다. 다듬이 소리는 그녀들의 정조를 감시할 목적이라고 한다. 다듬이질을 쉬는 것은 그녀들의 생명을 끊는 일이다. 또한 그녀들은 노래한다.

    떡갈나무 베어다 다듬이를 깎아서, 그것으로 딸아이 비단을 두드리네, 딸아이 다듬이로 생비단을 두드리니, 젊은 남자 옷에서 광택이 나네.

그렇다. 젊은이들의 괴로운 밤도 있을 것이다. 모든 것은 어둠이 전하는 다듬이 소리이다.

---

99) 『만요슈』에 실린 지토(持統) 천황의 와카 일부. 아마노카구야마는 '天香久山', '天香具山'로 표기하기도 하며 나라 현(奈良縣)에 있는 표고 152.4미터의 산.

아라랑 아라랑 아라리요

사람 한 번 죽으면 두 번 다시 꽃이 필까 아라랑 아라랑 아라

리요 아라랑 부르며 놀자꾸나.

부두에 역전에 몽유병자처럼 힘없이 방황하고 있는 젊은 지게꾼 또는 소를 끌고 들길에서 돌아오는 젊은 노동자들의 입에서 노래로 나오는 아라랑[100) 곡조다. 여운이 나긋나긋한 이 얼마나 애조를 띤 선율인가!

아라랑 노래는 아주 새로운 시대의 민요라고 한다. 이조 말기의 대원군이 경복궁 부흥을 계획하여 전국에서 부역 인부들을 징발했다. 사방에서 모여든 토민들 사이에 혹사酷使와 가역苛役에 대한 반감과 원망을 노래하는 신민요가 생겼다. 그 하나가 아라랑이라고 한다. 어쨌든 이 시대에 아라랑은 널리 퍼졌고 조선 민중의 마음에 깊이 파고든 모양이다. 하지만 나는 고려 초기인가 신라 시대의 아라랑이라는 옛 노래를 어느 늙은 기생에게 듣고 완전히 반한 적이 있다. 그리고 그 쓸쓸한 음색 저변을 흐르는 느긋한 선이 바로 내가 느끼는 자연이었다.

단색單色은 생명이었을까?

조선은 동방에 있고 동방은 오행에서 나무에 위치하며, 시기로는 봄이고, 색으로는 청이며, 청은 조선의 색이다. 그래서 어떤 왕

---

100) 민요 아리랑의 후렴구가 아라랑인 버전도 상당수 존재하는 것으로 알려짐.

이 흰 옷을 금지하고 청색을 입으라고 포고령을 내렸다. 하지만 금령은 몇 년 가지 못하고 흰 옷의 옛날로 돌아갔다.

흰 옷에 대한 애호는 조선 사람들의 자연이다. 조선의 부녀자들이 추구하는 근대의 양산 같은 것에도 흰색이 많다고 한다. 그것은 물론 색이 있는 것보다 값이 싸다는 경제적 관계에서가 아니고, 허영을 뽐내는 기생 귀부인 등도 모두 이 흰색을 좋아하여 지니는 것이다. 색이 있는 것 중에서는 단색 또는 원색이 많고 배색 조합은 빨강에 초록, 노랑에 자주, 분홍에 옥색, 빨강에 갈색, 빨강에 청색 등으로 청초하고 우미하다. 정월, 단오 등의 명절에 빔을 입는 아이들은 역시 이 단색 또는 원색을 오색, 칠색으로 배합한다. 하지만 여기에 미술적 기교는 없이 그저 색채가 반영되는 것뿐이다. 기생의 무용도 자태나 표정은 관심의 대상이 되지 않고 약간의, 그리고 정해진 손동작으로 의상 모습을 무대에서 피로하는 것에 불과하다. 취객들이 춤을 추는 기교도 그저 손을 허우적대며 빙글 서툴게 돌며 큰북을 두드리는 정도이다. 하지만 많은 사람들이 함께 이를 연출하면 거기에 선의 미묘한 착종미를 볼 수 있다. 완고한 전통이 색에도 선에도 스미는 것이다.

어쨌든 조선의 모든 것은 느릿한 걸음이며 느긋한 선이다.

—1929년 6월 1일

편집후기

　진인사眞人社에서는 지금까지 특집호로서 제1회는 제가諸家들의 지방 가단歌壇에 대한 고찰을 내놓았고, 제2회는 조선 민요의 연구를 발표했다. 모두 아무도 시도하지 않은 새로운 연구였으므로 호평이었다. 특히 조선 민요의 연구 특집호 등은 재판까지 냈다. 이번에는 다시 보시는 바와 같이 당당한 조선의 자연을 제3회 특집호로서 내놓을 수 있었던 것을 제군들과 함께 기뻐하고자 한다. 이번 호의 집필을 부탁한 제가들에 대해서는 이쪽 편의대로 상당히 무리한 요구를 하여 죄송스럽게 생각한다. 이에 미안함과 고마움을 표한다.

　집필 제가들을 간단히 소개하기로 한다.

　다카기 이치노스케 씨는 경성제국대학 교수.

　다쓰이 마쓰노스케 씨는 일본 정원계의 권위자로 정원협회의 이사이다. 저서에 『일본 명정원기日本名園記』 기타가 있다.

　이노우에 오사무 씨는 『극동시보極東時報』 사장으로 『반도에 듣다半島に聽く』, 『독기를 뿜다毒氣を吐く』 기타의 저서가 있다.

　난바 센타로 씨는 철도학교의 교수이며 『조선풍토기朝鮮風土記』라는 저서가 있다.

다나카 하쓰오 씨는 사범학교 교수로 『시와 가요詩と歌謠』라는 월간잡지를 발행하고 있다.

가토 쇼린 씨는 조선에 빛나는 일본 화가.

아다치 료쿠토 씨는 조선 하이쿠俳句 문단의 걸출한 인물.

하마구치 요시미쓰 씨는 경신학교 교수로 동화계의 일인자.

이노우에 이진 씨는 조선 시단詩壇의 유력자.

송석하 씨는 조선 향토예술의 연구가로 최근에는 도쿄의 민족예술에 조선의 인형 연극을 소개하고 있다.

우리 쪽 사람들은 생략한다.

다망하신 관계로 결국 원고의 마감을 맞추지 못한 최남선崔南善 씨, 아사카와 노리타카淺川伯敎 씨, 가와베노 사토시河部野鄕 씨, 마쓰모토 데루카松本輝華 씨께는 마음을 써 주신 것에 감사한다. 표지 그림을 예에 따라 아사카와 노리타카 화백이 그려 주셨다. 항상 그렇지만 후의에 감사가 부족할 지경이다.

진인사 사우들이 보내주시는 첨삭 원고가 꽤 쌓여 있다. 자책을 금할 수가 없는데, 밤낮으로 보고 있으므로 조금만 더 기다려 주시기를 바란다. 그밖에도 실례를 범한 일이 많은 것 같다. 부디 용서해 주시기를.

이치야마 모리오市山盛雄

『조선의 자연과 민요』 해설

1. 조선의 민요 인식의 역사

시조나 민요, 가사와 같은 조선의 전통시가는 우리 민족의 오랜 역사와 전통과 더불어 이어져 왔다는 통념과 달리 수집과 연구는 물론, 이를 민족의 전통으로 인식하게 된 것은 백 년이 채 되지 않아 인식의 역사가 의외로 짧다. 특히 최근 몇몇 연구자를 통해 '조선 민요'라는 개념은 재조일본인을 경유하여 창출되었다는 것이 새롭게 입증되었고, 동아시아 권역에서의 민요 개념 형성은 향토의 발견과 궤를 같이 하였다. 또한 향토 담론이 부상한 1920년대는 '정서'와 '민족'이라는 개념이 결합하고 역사상 가장 맹렬하게 민족정서가 무엇인지를 집단적으로 탐구한 시대였으며, 그 결과 조선의 시가에 대해 집중적인 조명이 이루어진 시기이다. 이때 조선의 마음心, 민족혼, 민족정신, 민족정서는 조선의 국토나 향토성과 함께 언급되었다. 전통적인 정서 개념에는 인간만이 아니라 자연이나 사물도 정서를 가지고 호소한다는 자연관이 녹아 있어서 향토성은 단순한 소재를 넘어 민족의 정서를 만들어내는 진원지가 되었다.

1920년대 후반 한반도에서는 단카短歌라는 일본 전통시가와 밀접한 관련을 가진 재조일본인들에 의해 조선 민요에 관한 연구서가 등장하고, '내지' 일본에서는 조선인 유학생들에 의해 시조와 민요 등이 일본어로 번역되어 단행본으로 출간되었으며, 이와 더불어 조선 민요를 둘러싼 관심이 한반도 안팎에서 고조되었다. 최근 십년 간 이루어진 몇몇 연구들처럼 1920년대 후반 조선 민요의 정착과정과 재조일본인의 역할을 논한 논고들이 나오고는 있지만, 이 당시 상당한 양의 조선 민요가 일본어로 번역, 채록되고 연구된 배경의 구체상과 한반도 가단歌壇을 둘러싼 본격적 논의는 아직 충분히 이루어지지 못하였다. 오히려 조선 민요 인식의 역사를 살펴보기 위해서는 이 시기 재조일본인 가인歌人들이 조선 민요를 연구의 대상으로 삼은 단카 잡지 『진인眞人』의 일련의 획기적 기획들을 통해 조선 전통시가의 수집과 일본어 번역 양상을 살펴보고 그 과정에서 조선 문화가 어떻게 표상되었는지를 고찰하는 것이 유효할 것이다.

2. 『조선의 자연과 민요』 기획의 배경

우선 1927년과 1929년에 한반도 최대 단카 결사인 진인사眞人社를 기반으로 재조일본인, 조선인, '내지' 일본인 문인들이 공동으로 조선 민요와 자연을 둘러싸고 본격적으로 저술한 『조선 민요의 연구朝鮮民謠の硏究』와 『조선의 자연과 민요朝鮮の自然』를 중심으로 재

조일본인들이 수집한 조선 민요와 그 일본어 번역 작업을 개관할 필요가 있다. 그럼으로써 지금까지 알려진 바 없던『조선의 자연과 민요』를 통해 재조일본인들이 조선 민요를 배태한 조선의 자연, 풍토를 파악한 양상과, 이 시기 조선 민요가 활발히 연구된 의미와 조선색 담론 부상의 상관성이 드러날 것이기 때문이다.

1920년대 초 경성에서는 버드나무사ポトナム社, 진인사와 같은 한반도 전역을 범위로 하는 단카 문학결사가 단카 잡지를 창간하였다.『버드나무ポトナム』보다 한 해 늦은 1923년 창간된『진인』은 빠르게 세력을 확장하며 곧 한반도 가단歌壇의 중심 역할을 하게 된다. 진인사가 한반도 가단을 석권하게 된 데에는 몇 가지 요인이 있겠지만, 역자는 1920년대에 진인사가 기획한 특집호 세 편에 주목하였다. 조선의 가단을 개척했다는 진인사 가인들이 어떠한 측면에서 '반도 가단'의 대표라는 자부심을 갖게 되었는지가 이러한 특집호에서 보다 확연히 드러났기 때문이다. 창간호부터 초기 5년간『진인』현존본이 대부분 산일되어 아쉽지만, 세 차례의 특집호는 다행히 남아 있는데, 아래는 그 세 번째 특집호의 편집후기에는 다음가 같은 내용이 있다.

진인사眞人社에서는 지금까지 특집호로서 제1회는 「제가諸家들의 지방 가단歌壇에 대한 고찰」을 내놓았고, 제2회는『조선 민요의 연구』를 발표했다. 전부 아무도 시도하지 않은 새로운 연구로 호평이었다. 특히『조선 민요의 연구』특집호 등은 재판까지 냈다. 이번에 다시 보시는 바와 같이 당당한 『조선의 자연』을 제3회 특집호로서 내놓을 수 있게 된 것을 제군들과 함께 기뻐하고자 한다.

여기에서 언급하는 세 번의 특집호는 각각 1926년 1월, 1927년 1월, 1929년 7월에 기획된 것이다. 첫 번째인 「제가들의 지방 가단에 대한 고찰」은 '내지'의 유명 문인들에게 '지방 가단'이란 무엇이고 어떠해야 하는지를 묻고 그에 대한 답변을 게재한 것이다. '지방 가단'으로서의 조선 가단의 역할과 위치, 자리매김의 필요성과 당위적 성격을 인식하고자 한 시도였음을 알 수 있다.

이듬해 진인사는 보다 본격적인 두 번째 특집호를 준비하게 되는데, 그것이 바로 『진인』 5주년을 맞는 1927년 신년 특집으로 기획한 『조선 민요의 연구』이다. 최남선, 이광수, 이은상과 같은 대표적 조선인 문인들과 하마구치 요시미쓰浜口良光, 이노우에 오사무井上收, 아사카와 노리타카淺川伯敎, 오카다 미쓰구岡田貢, 난바 센타로難波專太郎, 이마무라 라엔今村螺炎과 같은 당시 문필활동이 두드러진 재조일본인 문인들이 이치야마 모리오市山盛雄와 미치히사 료道久良 등 『진인』의 대표적 가인들과 함께 조선 민요에 관한 평론을 수록한 이 특집호의 호평과 반향은 상당한 것이었다. 곧 여기에 나가타 다쓰오永田龍雄, 시미즈 헤이조淸水兵三, 다나카 하쓰오田中初夫와 같은 전문가들의 원고가 더해져 같은 해 10월 도쿄 사카모토坂本서점에서 『조선 민요의 연구』가 단행본으로 출간되기에 이른다.

본서와 더불어 『조선 민요의 연구』 완역과 『진인眞人의 조선 문학 조감鳥瞰』이라는 편역서를 함께 간행하므로, 첫 번째와 두 번째 특집호에 관한 상세한 의의 설명은 해당 역서들의 내용과 해설로 미룬다.

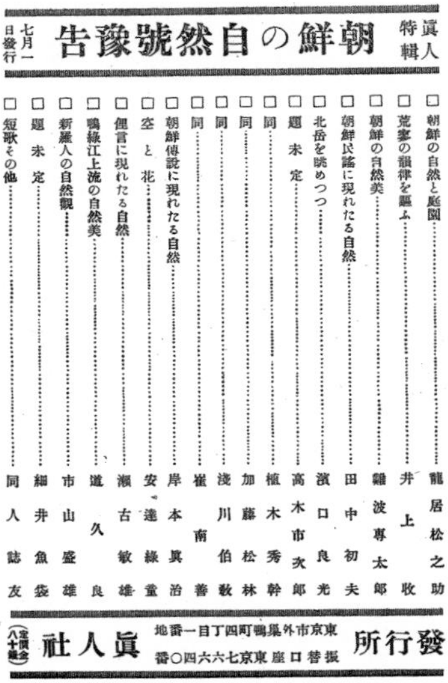
眞人特輯　朝鮮の自然號豫告　七月一日發行

發行所　東京市外巢鴨町四丁目一番地　振替口座東京七六六四〇番　眞人社　(定價八十錢)

〔그림 1〕「조선의 자연과 민요朝鮮の自然」특집 예고 목차

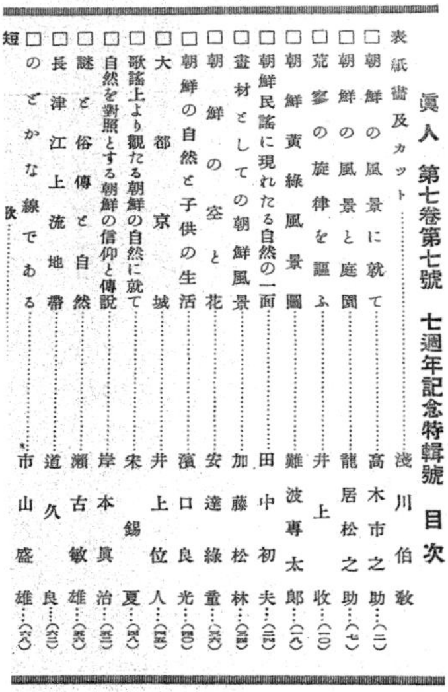
眞人　第七卷第七號　七週年記念特輯號　目次

〔그림 2〕「조선의 자연과 민요」 실제 목차

어쨌든 위 특집들의 속편 의도로 나온 것이 1929년 7월 세 번째 특집호인 『조선의 자연과 민요』라 할 수 있다. 전월호에서도 전면 광고로 특집호의 목차까지 예고하고 있어서 진인사로서도 상당히 기대가 큰 기획이었던 모양이다. 위의 그림은 예고 때의 목차

와 실제『조선의 자연과 민요』특집호의 목차를 대조한 것이다. 『조선 민요의 연구』때보다 많은 집필자들에게 의뢰했으나, 농림학교 교수 우에키 호미키植木秀幹, 도자기 연구자 아사카와 노리타카, 조선인 최고 학자 최남선, 진인사의 수장 호소이 교타이細井魚袋 등은 기일에 원고를 맞추지 못해서 결국 글을 수록하지 못했다.

결과적으로『조선 민요의 연구』와『조선의 자연』에 모두 기고를 한 사람들은 이노우에 오사무, 난바 센타로, 다나카 하쓰오, 하마구치 료코, 미치히사 료, 이치야마 모리오 여섯 명이고, 여덟 명이 새롭게 집필에 가세하였다.『조선의 자연과 민요』에 새로이 기고한 집필자들은 경성제국대학 문학부 교수 다카기 이치노스케高木市之助, 조원가로서 명성이 높은 다쓰이 마쓰노스케龍居松之助, 화가 가토 쇼린加藤松林, 조선의 호토토기스ホトトギス파 대표 하이쿠 작가인 아다치 료쿠토安達綠童, 시인 이노우에 이진井上位人과 같은 미술이나 시가 분야의 최고 권위자들인 것을 확인할 수 있다. 또한 조선인으로서는 유일하게 민속학자 송석하宋錫夏가 참여하였으며, 진인사 동인들인 기시모토 신지岸本眞治와 세코 도시오瀨古敏雄가 합세하여 신앙, 전설, 속전, 수수께끼와 같은 조선의 언어문화에 관한 글을 싣고 있다. 결과적으로 진인사 가인들의 가세로 인해 당시 가인들의 조선 문화관이 보다 다양한 관점에서 전개되었다.

이『조선의 자연과 민요』는 두 번째 기획『조선 민요의 연구』와 같은 조선 민요에만 포커스를 맞춘 본격적 기획은 아니다. 그렇지만 이『조선의 자연과 민요』를 기획함에 있어서도 조선의 향토색과 지방색을 충분히 드러낸 민요를 탐구하고 그것을 이해하는 것이 시가 전문가로서 꼭 필요한 작업이라는 인식을 가지고 있었음을 알 수 있다. 그 근거로 다나카 하쓰오가 양해의 메모를 통해 '이치야마 씨에게 표제의 논을 쓰기로 약속'했다거나, 송석하가 '이치야마 모리오 씨로부터 "민요에 나타난 조선의 자연에 관하여"라고 할 만한 내용을 써달라는 주문'을 받았다고 하는 점에서 이러한 사실이 명백히 드러난다. 따라서 기획의 주요 내용과 초점에 변화는 초래되었지만, 『조선의 자연과 민요』은 『조선 민요 연구』와 더불어 1920년대 후반 한반도의 재조일본인 가인들이 조선 민요에 관심을 가지고 일본어로 번역, 채록한 이유가 어디에 있는지를 살펴볼 수 있는 절호의 자료라 할 수 있다.

3. 『조선의 자연과 민요』의 특징 및 의의

조선 특유의 전통 문화에 대한 이해라는 내적 필요성에서 출발하여 조선 민요를 채록, 번역하면서 재조일본인들은 조선 민요를 어떻게 인식하였으며, 아울러 조선 민요를 포함한 조선 전통 문화에 대해 어떠한 가치 판단을 품게 되었을까? 이제 이를 분명히 하기 위해 특집호 『조선의 자연과 민요』에 기고된 글들을 통해 재조일본인들의 조선 민요 인식, 조선 문화관을 살펴보기로 한다.

거듭 말하지만 『조선의 자연과 민요』는 『조선 민요의 연구』의 속편이라는 명백한 의도에서 기획되었다. 이 『조선의 자연과 민요』 특집 중에서 조선 민요를 가장 정면에서 다루고 있는 것은 다나카

하쓰오의 글이다. 다나카 하쓰오는 단행본 개정판『조선 민요의 연구』의 권두에 '아주까리 노래蓖麻子の唄'와 '개타령 노래犬打令の唄'를 채보採譜하고「민요의 철학적 고찰에 기초한 조직 체계의 구성」을 기술하였다. 다나카는 경기도립 사범학교 국어한문과 교수로 재직하면서 조선 민요의 음악적 연구와 조선 가요의 채보에 힘을 쏟으며, 한 때『황조黃鳥』라는 조선 민요를 주로 한 잡지도 낼 정도로 조선의 전통 노래에 깊은 관심을 가진 인물이었다.

그는「조선 민요에 드러난 자연의 일면」에서 민요를 개념화하면서 동서양에 차이를 파악하였는데, 서양 민요가 서정시를 가리키는 데에 비해 동양은 서경시, 즉 자연시라는 요소가 부가된 것이라 보았다. 그리고 40편이 넘는 민요를 예로 들며 군데군데 해설하는 방식을 취하고 있어서 일정한 맥락에 따른 조선 민요의 분석이라고 할 수는 없지만, 그의 조선 민요관으로부터는 요순堯舜 시절에 대한 갈망 등을 예로 들며 중국에 대한 사대사상이 있음을 논증하거나, 다음의 예와 같이 약자에 대한 학대적 성격이 있다고 파악하는 데에서 그 특징을 도출할 수 있다. 예를 들어

- 기러기야 기러기야, 너 어디로 가는 게냐. 함경도로 가는 게냐, 무엇하러 가는 게냐.
  새끼 낳으러 간단다.
  몇 마리 낳았느냐.
  두 마리 낳았단다.

나에게 하나 주려무나.

무얼 하려 하는 게냐.

구워 먹고 끓여 먹고 꽁지 꽁지 맡아 두마.

• 저쪽 콩밭에 황금 잉어가 헤엄친다. 네가 아무리 헤엄을 잘
   친들 술안주밖에 더 되겠느냐.

와 같이 각각 경성과 경기 강화에서 채록했다고 하는 이 민요들을
예로 들면서 '약한 것에 대한 강자의 뻔뻔한 착취', 혹은 '약자에
대한 박해'적인 성격을 강조하고 있다. 게다가 글의 말미에서도 다
나카는 자연을 통해 조선의 민요로부터 "때로는 약자를 학대하는
변태적 기쁨마저 느낀다"고 정리하고, 자연을 노래한 민요는 '소
극적이고 강인함을 결여'하였으며 '쇠퇴하고 거칠어지는 리듬'이
배어나온다고 평가하고 있다. 즉 조선의 민요와 자연에 관해 사대
성, 학대성, 소극성이라는 마이너스적인 이미지를 지적하고 있는
것이다.

　이와 대조를 이루는 것이 민속학자 송석하로, 그는 「가요 상으로
본 조선의 자연에 관하여」라는 평론을 통해 다른 의견을 개진한다.
송석하는 조선인 전문가라는 분명한 의식을 가지고 조선의 가요라
는 광범위한 범위 내에서 민요, 시조, 가사, 잡가, 속요 등의 구분과
정의가 매우 복잡하다는 것을 드러내며, 조선 민요의 특수성에 대
해서 다음과 같이 서술하는 점에서 다나카와 그 인식을 달리하고
있다.

민요는 그 원생림 같은 소박한 형식과 표현으로써 온갖 방면의 사상을 포함하며 그 국민의 기억력에 대해서는 뿌리 깊은 집요함을 가지면서도, 시간적으로는 끊임없이 변화하는 것이다. 이렇게 민요가 집요함을 지니고 있다는 점은 국민 전체의 마음에 울리는 어떤 공명성이 있다는 것은, 전설의 그것과 마찬가지로 하나의 특성인데……

소위 연회 자리에서 부르는 노래 이외의 민요, 동요에서는 자연을 어떻게 보고 있는가 하면 여기에는 앞에서 말한 의식적인 것이 적은 대신 그만큼 우리에게 모래 안의 숨은 보석 찾기 같은 느낌을 주는 것이 많다. 예를 들어 복토가覆土歌에서 뿌리 깊게 마음속에 웅크리고 있는 풍수설의 영향도 알 수 있다.

인용문에서 보듯 송석하는 조선의 민요가 '뿌리 깊게' 조선인의 마음속에 유전된 풍수설의 영향을 받고, '국민의 기억력'과 '뿌리 깊은 집요함'이 공명성을 지닌 채 쉼 없는 변화를 거쳐 왔다고 판단하고 있다. 이 글에서는 조선의 가요에 속하는 장르와 작가 이름들이 수많이 나열되고 있으며, 작품이 그렇게 많이 일본어로 번역되어 있지는 않으나, 조선 민요의 뿌리와 내재된 기억 및 독자적 사상의 영향력이 강조되어 있다고 볼 수 있다.

이처럼 『조선의 자연과 민요』에서 가장 두드러지게 드러나는 조선 민요관은 다나카 하쓰오에 의한 사대성, 가학성과 같은 부정적 이미지와 송석하가 말하는 조선 가요의 뿌리 깊은 독자성의 강조라 볼 수 있다. 이밖에 『조선의 자연과 민요』 특집에서 구체적인 조선의 민요를 번역하거나 거론한 것은 하마구치 요시미쓰와 이치야마 모리오 두 사람이다. 전자는 자연 속에서 장난감을 스스로 구하는 조선 아이들의 놀이와 간식 문화에 관해 기술하면서 황해도 민요 '채유가採萸歌'를 한 편 소개하고 있다. 후자는 다듬이질과 관련된 노래와 더불어 아리랑의 한 구절을 예로 들며 다음과 같이 말한다.

부두에, 역전에 몽유병자처럼 힘없이 방황하고 있는 젊은 지게꾼, 또는 소를 끌고 들길에서 돌아오는 젊은 노동자들의 입에서 노래로 나오는 아라랑 곡조다. 여운이 나긋나긋한 이 얼마나 애조를 띤 선율인가! 아라랑 노래는 아주 새로운 시대의 민요라고 한다. 이조 말기의 대원군이 경복궁 부흥을 계획하여 전국에서 부역 인부들을 징발했다. 사방에서 모여든 토민들 사이에 혹 사혹사酷使와 가역苛役에 대한 반감과 원망을 노래하는 신민요가 생겼다. 그 하나가 아라랑이라고 한다. 어쨌든 이 시대에 아라랑은 널리 퍼졌고 조선 민중의 마음에 깊이 파고든 모양이다. 하지만 나는 고려 초기인가 신라 시대의 아라랑이라는 옛 노래를 어느 늙은 기생에게 듣고 완전히 반한 적이 있다. 그리고 그 쓸쓸한 음색 저변을 흐르는 느긋한 선이 바로 내가 느끼는 자연이었다.

젊은 지게꾼과 젊은 노동자들 입에서 나오는 아리랑 곡조의 애조 띤 선율과 여운을 영탄하며, 근대라는 신시대의 민요로서 아리랑에 담긴 민중성을 지적하고 있다. 여기에서는 조선 식민지화의 논리적 근거가 된 조선 말기의 지배자의 민중에 대한 착취와 폭압과 조선의 대표적인 민요인 아리랑의 애조 띤 선율을 대조시켜 논하고 있는 점에서 조선사회의 부조리와 그에 대한 반감을 노래한 '신'민요로서의 아리랑이 부각되고 있음을 알 수 있다. 하지만 이치야마는 새로운 민요로서의 아리랑과는 달리 시대를 조선 시대에서 고려, 신라 시대로 거슬러 오르며 그 시간의 길이, 즉 '구'민요로서의 아리랑의 역사성에 더욱 이끌렸던 경험을 이야기한다.

그런데 여기에서 주목하고 싶은 것은 인용문의 마지막 부분, 즉 '아라랑 노래'로 상징되는 곡조와 박자, 쓸쓸한 음색의 청각적 세계에서 '느긋한 선'이라는 회화적 세계로 감각이 변모하는 점이다. 즉 『조선의 자연과 민요』에서는 전체적으로 민요의 청각적 세계가 자연의 회화적이고 시각적인 세계로 대체되고 있다. 경성제대 교수 다카기 이치노스케의 「조선의 풍경에 관하여」는 물론이고, 미술평론가인 난바 센타로의 「조선 황록 풍경도」, 화가인 가토 쇼린의 「그림 재료로서의 조선 풍경」, 조원가造園家로 이름 높았던 다쓰이 마쓰노스케의 「조선의 풍경과 정원」 등에서 이러한 경향은 극명하게 잘 드러난다.

이 외에도 재조일본인 가인들이 『조선의 자연과 민요』에 수록한 글에서는 자연을 배경으로 한 노래, 신앙, 전설, 속전, 수수께끼도 조선적인 문화로서 함께 거론되고 있다. 같은 '달리아 꽃'이라도 조선의 것이 훨씬 더 색이 선명하고, 달을 하늘에 뜬 '사발'이라고 비유할 수 있는 조선만의 특유함이 일본과의 명백한 대조로 기술되고 있다. 물론 집필자에 따라 조선 문화를 중국과 일본의 혼합적인 것, 혹은 중재적인 것으로 파악하는 시선도 있고, 이러한 점을 일선동조론의 근거로 보거나 대륙 문화를 일본어 전한 전달자로서만 의식한 경우도 있어서 전체를 일관하는 조선 문화관을 포착하기란 쉽지 않다. 특히 조선 재주의 실제 시간과 상관없이 조선을 뿌리를 내리고 거주하는 곳으로 보느냐, 잠시 체류하는 여행자나 관광객의 시각으로 보느냐의 집필자 감각의 차이도 확연히 드러나는 점은 특기할 만하다. 그런 중에 조선 재주자로서의 의식이 가장 강한 것은 역시 미치히사 료이다. 이 때문인지 그에게서는 1930년대부터 일제 말기에 이르기까지 '조선의 노래'와 '조선의 가단'을 유지하고자 노력한 자세를 보게 되는데, 이것이 『진인』 대표 가인의 모습이기도 하며, 조선의 민요와 자연이 단카와 맞닿는 지점이라고 할 것이다.

이와 관련하여 눈여겨 볼 것이 『조선의 자연과 민요』 특집호에는 단카, 하이쿠를 포함한 일본 전통시가가 전체적으로 서른 수 정도 수록되어 있는 점이다. 이것은 재조일본인 집필자들이 조선 민요, 노래, 수수께끼, 전설 등 문화의 배경이 되는 특수한 조선의 자연을 일본 전통시가에 어떻게 구현해 내는가를 계속 의식하고 고민했다는 여실한 증거라 할 수 있겠다.

이렇게 『조선의 자연과 민요』 중 일부 저자는 『조선 민요의 연구』 이래로 강조되었던 원시적이고 사대적이며 가학적이라는, 부정적인 조선의 민족성을 강조하고 그러한 조선 문화 인식을 강조하고자 하였다. 하지만 관심사가 '민요'에서 그 바탕과 근간이 되는 '자연'으로 이동하면서 이 특집호에서는 조선의 자연과 예술과 문화가 일본과는 확연히 다른 '흙', 즉 향토에 기반을 둔다는 것을 공통적으로 의식하게 된다. 이렇게 다른 자연과 풍토를 바탕으로 한 조선의 문화는 송석하의 경우에서 알 수 있듯 조선인만이 이해할 수 있는 전문적이고 독자적인 영역이 되기도 하지만, 대부분의 재조일본인 가인, 문필가들은 민요, 가요, 전설, 속전, 수수께끼, 지명을 포함한 조선 문화를 흙에 뿌리 내린, 일본과 다른 조선의 특수한 것으로 인식했다. 즉 '내지'와는 명백히 다른 차이에 기반한 다양한 조선의 문화는 상대적 관점으로 파악해야 이해할 수 있는 특유의 아름다움이라는 관점이 확인된다.

『진인』의 두 특집호를 통해 드러난 재조일본인의 조선 문화관에는 여러 시선이 착종하지만, 공통적으로 다음 현상을 도출할 수 있다. 첫째, 조선의 문화를 배태하는 향토성을 명백히 일본의 자연과 다른 차이로 인식하고 그에 입각한 조선 문화 고유의 아름다움을 상대적으로 인정한다는 점이다. 그리고 둘째, 조선의 특색을 인식하는 방식이 구술 민요 연구에서 초점이 맞추어진 리듬, 곡조 등의 듣는 감각에서, 풍경, 회화, 선 등의 보는 감각으로, 즉 조선 민요의 번역에서 조선 자연의 번역으로 변모한 점이다. 이는 일본어 번역이라는 필수 과정에서 조선 민요의 리듬과 뉘앙스가 완벽히 전달될 수 없는 언어적 한계에 대한 각성이라고도 할 수 있다.

이미 『조선 민요의 연구』에서 하마구치 요시미쓰가 '번역해 보니 아무리 기교를 부려도 원래의 노래와 같은 운은 밟을 수가 없었고, 또한 언어 상 가락의 재미도 드러낼 수 없었다'고 하거나 미치히사 료의 '이것은 그냥 화전민 민요의 의미만을 일본어로 번역한 것이므로 그 진의를 전달할 수는 없'다고 한 심경에서도 분명히 드러난다. 바꿔 말하면『조선의 자연과 민요』는 조선 민요의 번역 불가성에 대한 자각과 더불어 조선 표상을 회화적으로 사생寫生하는 묘사법을 선택한 것이라 할 수 있다.

4.『조선의 자연과 민요』연구의 가능성

이렇게 1920년대 후반 조선 전통시가의 일본어 번역이 성행한 배경과 조선 문화가 어떻게 표상되는지에 관하여『조선의 자연과 민요』를 중심으로 살펴보았다. 1926년부터 1929년에 걸쳐 진인사가 시도한 특집호는 가인들이 지방 가단으로서 조선의 가단이 해야 하는 역할로서 조선의 향토에 입각한 조선의 고가와 고문학 연구라는 책무를 인식하고 실천하는 작업이었다 할 수 있을 것이다.『조선의 자연과 민요』는 조선 민요뿐 아니라 가요, 동요, 속전, 수수께끼, 전설과 같은 조선의 고가, 고문학을 탄생시킨 풍토이자 향토로서 조선 자연의 특수성이 다양한 관점에서 기술되었다. 이러한 조선 전통문예의 고유성은 여전히 부정적 이미지로 포착되기도 하지만, 대부분의 재조일본인 집필진들은 '내지' 일본과 다른 조선의 흙, 즉 향토와 풍토의 차이로 생겨나는 것으로 상대적인 관점에서 인식하려는 시선 역시 착종하고 있다.

중요한 것은 진인사의 중심 가인들의 연속적인 '조선적인 것'의 연구는 그 이전 1910년대의 조선문학 부재론이나 부정론과는 확연히 차이가 있는 것으로, 향토의 역사성이 내재된 흙에 뿌리내린 조선 전통문화의 고유한 미감을 이해하기 위한 목적이 내재하다는 점이다. 그리고 이 때문에 진인사의 조선 민요 관련 특집 기획은 1920년대 최남선을 중심으로 한 시조부흥론자와 손진태, 송석하 등으로 대표되는 초기 민속학자들이 의도한 강력한 '조선주의', 즉 일본 전통시가에 상응하여 조선의 고전시가를 재정립하려는 시도와 관련선 상에서 향후 치밀하게 고찰되어야 한다.

[영인] 朝鮮の自然號

여기서부터는 影印本을 인쇄한 부분으로 맨 뒷 페이지부터 보십시오.

朝鮮の自然號

朝鮮の風景に就て

高木市之助

　朝鮮の風景——といつても、金剛山とか鴨緑江とかいふ名所に就てゞはなく、何時も何處でも眺められる、まあ窓外の小景といつたやうなものに就て、この三年足らずの滯留者のほんの思ひつきを、思ひつくまゝに書きつけて見る。

　これは誰でも經驗する事かと思はれるが、あまり調子のちがつた自然にぶつゝかると、私は、何とも名狀しがたい或る氣持に支配される事がある。戸などひをするといふか、はぐらかされるといふか、とにかく、それが美か醜か、好か惡か一寸見當のつかないやうな氣持だ。もちろんそんな狀態が長く續くわけではないけれども。

　古い話を持ち出すが、その昔、學生の頃、はじめて東京の地を踏んで間もなく、——それは丁度あつらへむきの小春日和だつたが——所謂武藏野へ散步に出かけた時に、私はさうした氣持を感じた事を覺えてゐる。獨步の「武藏野」などは當時くりかへし讀んでも居たし、さうした文字が却つて私をその日の散步に誘ひ出したものかも知れないのに、その日の武藏野の風景は、妙にそぐはない感じ、ピントの合はない感じがして、へんなものだつた。これは今まで自分を取圍んでゐた山間の自然と、あの廣々とした晴れやかな武藏野とがあんまり調子がちがつてゐたからで、今まで準備してゐた、概念化した武藏野、想像上の武藏野は、この現實に感覺し、經驗する武藏野の前にはあまりに無力だつたのだ。——と私は思ふ。

　次に、例をもう一つ。先年、伊太利の旅で、ヴェネチャへ着いた當日の印象にもそれがあつたやう、

だ。繪、寫眞、紀行文、そんなものを透しては、此の有名な水の都は私に相當親しいものになつてゐ
た。それに着く前には、誰もがするやうに、そこの「豫習」をやつてゐたし。さて、現實に
そこに着いて、ゴンドラに搖られて宿屋へ行く時の私の氣持を正直にいへば、矢張りこのはぐらされ

た、無感情、無感覺無判斷の氣持だつた。
さうして、三年前、私が始めてこの牟島の人となつて、誠に坐り心地のよい汽車の窓から眺めた風
景！　そこにも私は少からずそれを感じたのである。「空がきれいだ」「山が禿げてゐる」「ポプラ」
「アカシヤ」「なべ鶴」「白衣」等この事は豫めきかされて來たし、又それが大抵は噂のま々に車窓に
うつつたのだが、私はやはりはぐらかされた。好いのか惡いのか、すきか嫌いか判斷がつきかねた。
殊に朝鮮の風景にはかなり期待を持つてゐたゞけに、一種焦燥に近い感じさへ持つたのであるが、そ
れをどうすることも出來ないまゝ京城へ着いてしまつた。こんな心持はもちろん長續きはしない。そ
れから二ケ月ほどして内地へ歸る爲めに、同じ汽車に乘つた時は平氣だつた。東海道や中國筋と同樣
この京釜沿線の風景自然を、私自身の標準なり好惡なりによつて、はつきりと眺めて行く事が出來た
のである。がそれは兎に角、かうしたはぐらされた心持を考へて見るに、それが外の場合の經驗から
推して、非常に調子のちがふ自然に面した時に起る心持だとすれば、そこから引出される私の（單に
私のである）結論？は、朝鮮の自然なり風景なりは、日本のそれとは基調を異にした別ものだといふ
事である。

ではどこがちがうだらうか、朝鮮の風景の主調を求めれば──朝鮮の山とか川とか限つた場合に
はもつと色々の事が考へられると思ふが今は引くるめて──それは或る明るさである樣な氣がする。
但しこれは深いわけがあるのではなく、唯單に連日の晴天に磨き上げた碧空が、いつも我々を覆うて
ゐるおかげで、地上のものみなが明るいのかも知れない。又は山の亂伐の報いで、鬱蒼などゝいふ形
容詞にあてはまる森林などに出くわさないといふ位の事かも知れず、つまり前者のやうにあまりに當

然過ぎる事か、でなければ後者のやうにほんの部分的の現象を全般的のものへ押擴げてゐるのかも知れないのだ。が、少くとも今の私には、この明るさといふ事を、さう簡單に片づけてしまひたくない。

この明るさにこそ、朝鮮風景の根本的な何物かを象徴させたい。

併しそれはどこまでも「あかるさ」であつて光ではない。燦として輝くのではなく、たゞ隅々までも行わたつてゐる明るさの世界である。隨つて半面に陰影を條件づける「明暗」の明ではなくて「平明」などいふ語の「明」にちかい。かげと對照する故の明るさではなく、かげの無い故の明るさである。

京城へ來てまだ間もない或日の午後——と記憶する。どうしたはづみか、急に漢江の水が見たくなつた私は、地圖を便りに舊龍山の電車の終點から麻浦の方へぬけて見た事があつた。それは純粹の朝鮮村を通る最初の經驗であつたが、あのうね〳〵と藪くゞりのやうにまがりくねつてゐる小徑は、正直の處はじめてといふ好奇心を除けば決して愉快なものではなかつたが、唯一つさうした陋巷?にも——これが日本ならどんなにか陰氣にうす暗からうかと思はれるのに——不思議にある明るさがあつたには驚きもし助かりもした。併し後で、それは麻浦に限らない事がわかつた。京城の裏町は勿論、水原、開城、長湍、高浪浦、何處にだつて、「日本式のじめ〳〵とした陰氣を求める事は出來ないのだ。

こんな事もある。去年の秋私の友人Fの處へ東京から來てゐたさる洋畫家が歸京して、こちらの作品を坂本繁次郎氏に見せたところが、氏はこれを見て始めて朝鮮に接したやうな氣がするといふ意味の事を言つたそうだ。處でこの畫家が朝鮮で描いた風景を一點、私も持つてゐるがこれを同じ畫家の舊作、二科や春陽會へ出品したものと比べれば、手法の變化等は別として、風景の調子がまるでちがふ、一つはうす暗い、黃昏薄明の世界だ。Fが此の繪を主題として作つた詩が何よりよく此の繪の調子を語つてゐる。ないしょうでこゝへうつさして貰ふ。

光れる樹

崖の下を堅い影が一つ通つて行く

空の明りも吸はれ花のにほひもない

水氣の多い暗が掩うてゐる

梟の聲がする

かすれた野が續いてゐる

そのはてにあかりが一すぢこぼれ落ちてゐる

崖の下を黑い影が一つ通つて行く

かすかな靴音がする。

といふのだ。それだのに、同じ畫家の手になる朝鮮の作品が、何といふ明るさを持つ事か、もちろんそこには、印象派の作品に見るやうな光の階調があるのではない。たゞ一面の明るさ、薹布の隅々まで行亘つた明るさ、謂はゞ朝鮮のあかるさがある。

朝鮮のあかるさはポプラの持つ明るさである。ポプラには例へば銀杏の持つやうな光はない。が徹頭徹尾明るさがある。むしろ平明それ自身の姿である。

日本の自然には、どうもかうした明るさを欠ぐ。或はあつても誠に乏しい。（一概に日本の自然といつても北は北海道、樺太から南は臺灣まで實に千差萬別であるが、假りに京阪地方を代表的なものにして云ふ）といつて別に大した暗さがあるわけでもないが。この場合この言葉は、或る感じをあらはしてゐるといふよりも、雨が少いとか、空氣が乾燥してゐるとかいふ實際の事實につながつて

序に、私はよく朝鮮の自然にはうるほひがないといふ事を聞く。

ゐるので、もしこれをさうした關係から切り離して、純粹に我々の感じをあらはす言葉として使ふな

らば「うるほひ」とは實は上述、あかるさの反面に過ぎなくはないか？

朝鮮の風景は日本のそれと、その調子がこんな風にちがふのではなからうか――ほんの三年の在住

近頃流行の滿鮮旅行に僅かに色をつけた程度の、顔る覺束ない經驗から私は今こんな事を思ふ。

（五、二五）

朝鮮の風景と庭園

龍居松之助

朝鮮の大自然は實に雄大な、大陸的な特色を有つてゐる。彼の金剛山の如きは實に世界に誇るべき名勝であることを斷言し得ると思ふし、鴨緑江や大同江の眺望も到底内地には求め難い大きなものである。

けれど私はこゝには主として風景と建物及び庭園内の建物について逃べてみたいと思ふ。それも思ひつくまゝに順序もなく、書き續けてゆくこととした。

昔から我國に朝鮮燈籠と稱するものが多く傳へられてゐる。殊に文祿慶長兩度の牛島戰役以後の庭園には戰利品と稱してこの種のものが多く我國の庭園に用ゐられるやうになつたのである。私はこの朝鮮燈籠なるものについて大に考へさせられたのは今日朝鮮に殘されてゐる古石燈籠は却つて我國に最も普遍的に行はるゝ型が多く、我國で朝鮮燈籠と稱するやうなものは餘り見當らぬといふ事である。

併しながら私は朝鮮に於いて多くの優れたる石造品を見た、殊に京城のパゴダ公園にあるパゴダの如きは實に得難き逸品で、全體のプロポーションから細部の彫刻に至るまで一點難の打ち所がないといつてよい。私は屢々この前に佇立して羨望しさらに眺めたものである。

然らばこれ等の優秀なる石造品は朝鮮人の手によつて造られたかといふに、私は聊か疑はざるを得ない。或はその昔支那人の手によつて造られたものが多いのではなからうか。

それから京城の昌德宮の秘苑は人のよく知る所で、温室の立派なのには歡賞せざるを得ぬが、全國的造園價値に於いては、果してどうであらうか、私はその自然に惠まれたる地形と松樹とに負ふ所が

少くないと思つてゐる。たゞ感服すべきは慶會樓の如き、水邊に床高く造られたる建築が如何にも環

境とよく調和して、綜合美を發揮してゐるといふことである。

この傾向は敢て慶會樓のみでなく、個人の庭園内にも茶室風の建築が石柱の高き床の上に輕快なる

姿を見せてゐる、而してそれがこれを取り圍む起伏ある地形、幽邃なる森林等と渾然として一の繼つ

た風致を構成してゐる。私の見た京城の舊雨班邸の如きは多くこの種の小建築が庭園の景観を造り出

す上に重要なる役目をしてゐるのであつた。

庭園内に於ける右の傾向は、嚠て大風景地にも見られるので、恐らく朝鮮の人の風景に關する古來

の趣味傾向も窺はれるようである。而してそれは我國に於ける茶庭の如く幽邃を旨とするものと違つ

て、廣々とした、展望を主としたものが甚だ多く見出さるゝのも興味あることと思ふ。

試みに所謂名勝を訪ねて見ると其所には必ず眺望臺があり、それには藝術味豊にして且つ地方色の鮮

かなる建築物なる場合が多い、その爲めに建築そのものが風致構成の重要なる一材料となつてゐる。

例へば平壤城外、牡丹臺畔にある浮碧樓の如き、山を負ひ水に臨んで如何にも繪畫的な風致を造つて

ゐる、その反りのある屋蓋は安定宜しく、この建物があつて初めてこの風景が生きて來るのである。

而して乙密臺の如く展望の甚だよい高所にあるものよりも趣がある。

かゝる例は到る處に見られるので、密陽江に臨む嶺南樓、清川江畔の百祥樓、鴨綠江畔の統軍亭等

殆ど枚擧に遑ない程である。

右の傾向は元來隣國支那から入り來つたものであるが、何時しか何等の不自然なく巧妙に朝鮮化さ

れて了つたものらしい。

世人動もすれば、朝鮮の風景は見るに堪へない禿山ばかりだといふが、必ずしも左樣ではない、少

しく都會を離れると其所には到底内地に於いて見られぬ雄大なる自然美に接することがあり、村落に

於ける朝鮮風の藁屋根も時としては風致構成材料となり得ることが少くない。

さて朝鮮の風景は上來述ぶる所の如く、決して捨てたものでないのみならず、今後造園的施設をすれば、直に公園的利用をなし得るものが多い。彼の大なる河川の沿岸の如き、何れも大切なものである。彼の

それから庭園内に於ける建物を見ても、それは決して我國の數寄屋に比べて劣つてはゐない。彼の

昌徳宮内にある多くの建築物は造園建築として實に優れて居り、殊に涼亭風のものゝ如き、これある

が爲めに景觀上價値付けてゐるのである。

終に朝鮮の庭園樣式について一言附け加へておきたい、元來支那から輸入されたものなるは論を俟

たぬであらうが、現今の朝鮮庭園を見るに、さうした判然とした證據が見當らず、矢張り朝鮮特有の

色彩が見出される。殊に建物に接したる部分になかく、優れたる手法もあり、テレースなども相當に

考慮されてゐるやうである。たゞ公園は歴史が新しいだけに見るべきものが少い、寧ろ從來の名勝地

を公園として利用する方がよいと思はれる程で、京城の南山やバゴダ公園など公園としての價値を論

ずるのは酷である。朝鮮の公園は將來に發達すべきであつて現今はまだ萌芽期である。私は寧ろ一日

も早く天然の風致を巧みに修飾し、以て天然公園を造る方がよいと思ふ。かくすれば内地からの観光

客も滿足することであらうと思ふ。（完）

荒寥の旋律を謳ふ

井上　收

古都の抒情詩美

編輯者の薦めらるゝまゝに、假にこんな題名を設けてみた、朝鮮の自然について隨筆をとの提示に基く、ほんの私の直覺に過ぎない。久しく朝鮮に住み馴れて、印象されたものは、有名なかの李白の

舊苑荒臺楊柳新たなり、菱歌淸唱春に勝へず。唯今惟だ西江の月あり、曾て照す吳王宮裏の人──と

謳つた荒寥の自然である。唯物觀からすれば、ほんとうに詩人の寢言である、が朝鮮の自然は、日本人が難儀をして玄海の波濤を後にして植ゑつけた、大和島根の櫻花の爛漫たる人工裝飾的な、自然より

も、舊苑の荒臺に、楊柳の芽の新たに萌ゆる、自然美がいゝ。

畑中の楡の下邊に墓ひとつ寂しくぞゑらむその墓主も（川田　順）

とぼ／＼と曠野行く人何處ゆくわれも行かばやはてしなき所

さき頃鮮滿の歌行脚の旅に來られた、川田順氏が朝鮮途上の歌であるが、こんな氣持が、朝鮮の自然に對した時いつも起る。これが朝鮮山河の本質であり、朝鮮を觀賞する者の歡びであり、朝鮮を謳ふものゝ自然ではなからうか。

さきには故人とゝられた、若山牧水氏、次で尾上柴舟博士の朝鮮の旅の話にも歌にも、かうした荒寥の祝福があつた。それは必しも他郷からの旅人が、案內者のプログラムに從つて觀步く古城址、王陵古墳といつた、月並な名所舊蹟のそればかりではない。東京、大阪のやうな都會にも、そこに江戶

情調や、浪速の風情が、モダーンなジャズや、道頓堀行進曲、浅草行進曲の間に、かそけく名勝をと

ざめて居るので、詩歌の境が失はれまい、レコオレクションの淡いあまさがつきまい。奈良や京都に行

けば、一層その色彩の漂ひが豊かである。

川田氏ばかりを擔ぐやうで、些か氣がひけるが、氏は朝鮮の都會美について、最近こんなことをい

つてゐた。これは京城のことであらうが、その條件の内に、自然、風俗が單純で統一のあること、歴

史的傳統のあること、寂びを持つてゐること、といひ朝鮮の女學生のあの白とか黒とかの服裝美、雜

然として、特色のないものよりは、統一された獨特の味がいゝといひ、朝鮮服を着て中折帽子や、鳥

打帽子を冠る代りに、昔のまゝの冠を戴いた方がいゝ、樹木の少い岩肌や赫土の禿山がいゝ、しかる

に近頃光化門を移轉したり、東小門を壊したり、光熙門を動かしたり、城壁を減じたり、旅行者の

心も知らぬ何といふ心なき人の業でせう……等々といつて居るが、いかにも旅人の心からすれば、そ

んな氣がする。といつて近代都市の流れ、移り行くモダーンの風潮が、この旅人の氣持をどこまで汲

んで呉れるか。

旅人の心は『憂きわれを寂しがらせよ閑古鳥』の境地にある。荒寥の三昧にある。卽ち忰情詩的な

美の漂ひは、次から次へと、日程を急ぎ行く旅人ばかりでなく、朝鮮に久しく住み馴れた、私なども

同じ思ひをする。

清境美を荒すもの

併し、産米百萬石を増殖し、人間の子の口ばかり殖ゑて、大飯を貪るのに備へる計畫、植林、水利

といつて、何の風情も考慮に置かず、雜木を無性に植ゑつけたり、花崗岩をゴシック型に列べ立てた

りする、この世智辛い人間都市の建設は、かうした旅人の心を遠慮なく裏切つて行く、これも甚だ寂

しいことである。さらぬだに、文化の強烈な刺戟に、抒情詩的な人間美を失ひつゝある近代人は、ど

こに心の宿りを求めていゝか。

近代白耳義文學の、二大明星と讃えられて居り、マアテルリンクと共に、神祕象徴主義の作家であるヹルハアレンが、都會文明を呪咀し、"Les Villes Tentaculaires"（觸手ある都會）の内にその思ひを叙べて、田園の清境を荒し行くのを嘆いて居るが、これは決して西の詩人のみのいふ他事ではない、光化門を隣地に移すのはまだしも、古い傳統と歴史に育まれた、莊嚴の追憶に充ち滿ちた、古代朝鮮の古建築を、無雜作にぶち壊されるのは、朝鮮民族にとつては、勿論悲痛な出來事ではあるが、吾吾のやうな、赫士の上に住み、かりそめの短い線を持つ者にも、惜別の情にたえない。殊に奈良、平安朝の文化が、今の京都や奈良に遺された、そしてその文化の Intermediary となつた朝鮮の、ありし昔に心ひかれぬ譯には行かない。日本にも朝鮮にも、古蹟保存會といつたやうなものがあり、專門の人がゐてそれぐ〃管理をするやうな、仕懸けにはなつてゐるが、私たちから考へれば、保存するといふだけでなく徹底的に愛好させるまでに、心をこめて欲しい、それはその遺蹟を莊嚴にして欲しいといふのではない、ありし昔をそのまゝの寂寥の裡に置きたいといふ希ひであり、荒寥の旋律を、そのまゝの自然に置いて欲しい謳つて欲しいことである。

新羅舊都の歌など

どうも話が堅くなり、隨筆の畑から、茶の木畑へ飛び込み相であるから、撚りを戻して、私のいひ度い荒寥美の自然に思ひをはせて見る、それにはやはり新羅の舊都慶州がいゝ。

かうした概念から、奈良や大和路の旅、北九州の筑紫路の水城あと、太宰府跡などもいゝが荒寥といふには、餘りにもそのミリウが文化的過ぎる、洋服を着て中折帽子を冠つた百姓が、古墳や水城あとを、のそ〳〵歩いてゐたのでは、ハモニーもメロデーもぶちこはしである。そこへ行くと慶州はいゝ

麥の穂は伸び高けれどいしするの大き稜石かくれおもなるや（川田　順）

之は皇龍寺趾の歌、大きい稜石を麥の穗の間にじつと眺めてゐると、ほんとうに夢の荒野をかけめぐる思ひをする。

　　石疊む大き井筒にひたよりてさしのぞく水の暗く濁れる

芬皇寺の僧房にはいり懃ひたり韮のにほひの鼻衝くおぼゆ

これなども、奈良や京都には窺ひ知れない荒寥の情趣といへる。川田氏もよほど慶州は氣にいつたものと見え、幾度もこの古都に立寄つて、古い香りを愛でてゐる、その『新羅舊都賦』の内に

　　拷ぶすま新羅の王のみはか邊は石碑据えつ石の龜の背に

王陵邊を鮮人の子どもら遊び呆けこの石の龜に惡戯すなよ

草の屋のうしろ邊にして人の見ぬこの土壇もみささぎなりといふ

牛が啼く泥田の岸の寺の址の平らされし土は千年そのまゝ

み墓邊の守部が伴と戈される鳥けだもの顏の愛憐しさ

いにしへにありける王は獸らを守部に立たせ安眠したまふ

などの歌はもとより立派であり、理屈をさしはさむ筋は勿論ないが、この古都を見てこの歌は

ふと『ほんとうに然うだ』といつた共鳴の自ら湧くのを覺える。慶州巡禮をする者は、柏栗寺や九政里、芬皇寺などで、芍藥の花を見て、誰しも同じ感を深うする。いぶせき朝鮮の草葺屋の背ろにみさゝぎの土壇がある、寺址の泥田を犁いてゐる牛のその脚許の土が、新羅千年の土である、十二支の神像が王陵の守部に立つて居る、その王陵の上を、夕陽が靜かに照して居る、その古墳の下で、新羅の王が眠つて居る、等々何といふ荒寥感の絕大さであらうか。

遠き世の新羅の王のおくつきを今日の夕日のしづかに照せる

芭蕉の句に『菊の香や奈良には古き佛達』とあるが、

古都巡禮の歌

慶州の舊都でも、殊に懷古の情にたえないものに、鮑石亭といふがある、新羅最後のトレヂヂー

の行はれた所で、一種凄愴な荒寥さに打たる＞。景哀王の曲水流觴の宴が、槿花一朝の夢と化した、

その曲水が、默しては居るが、巡禮者に何事かの遠き過去を、囁かないと誰がいへやう。李白が『越

中懷古』に越王勾踐が吳を破つて歸つた時、義士達はみな錦衣を纏ひ、花のやうな宮女が、春殿に充ち

てゐた、鮑石亭の曲水宴でも、この情景にほうふつたるものであつたらう、それが李白の懷古には、

唯いまたゞ鷓鴣の飛ぶなり、といつてる如く、こゝにはこま鳥が、千年の齢を經た老樹の間に飛んで

ゐる。また覽轟の詩『南遊思興』にも

　　傷心欲問南朝事　　日暮東風春草綠

　　惟見江流去不回　　鷓鴣飛上越王台

と、風物幾變轉、日夜に流れては回らぬ流水の姿、雁鴨池や、半月城址を見る時、作者と手を握つ

て語るやうな氣がする。

更に墳墓の王國の舊都地から佛國寺、吐含山、莊嚴なる荒寥が漂ひ流れてゐる。佛國寺、石窟庵の

諸佛達、芭蕉は、奈良には多き佛達と歌つたが、こゝにもまた佛達の數の多さ、とりわけ石窟佛の圓

滿無礙、晶子女史の大佛の讚歌『釋迦牟尼は美男におはす……』などゝいふ生ぬるいものでなく、石

佛ながら、今にもその唇が綻び相な思ひがわく。こんな莊嚴たる荒寥さをもつ所は日本にはない。か

うして、曾遊の思ひ出を辿り、古都巡禮に流浪感を馳せ得ることは、考へて見れば、朝鮮に生む者の

こよなき幸福といへやう。先年初めて、この地を巡つた時、佛國寺旅館の大廣間で、大の字なりに、

手足を伸して詠んだ私の古い、そして甚だ貧しい歌を思ひ出させて貰ふ。先覺川田氏のきびに附する

は、甚だ面はゆい。

　　　　　徐羅伐の都をしたひあが來ればこまの鳥の途に遊べる

王陵につゞく小徑にかゝまりて蕨のかけを二つ拾ひぬ

み佛はいづちゆかすか皇龍寺畑中にして破塔の立てる

畑中の皇龍寺址にいぶせくも伏屋し居るはゆかりの人か

蘘ぶきの蘘は地に垂り靑草は地より萠えつゞ小家は隱らふ

千年のよはひこもらふ芬皇寺聖の僧のいまはおはさす

芬皇寺栢翠寺など禿山を四方に居らせて荒野に殘る

山かひの石くれ畑の靑麥は雲雀なかせて穗に穗に光る

古墳は木杭うちたゝし鐵の網うち渡し嚴かにもる

これの苑に野草はびこり道のべは鬼薊さきて行きがてぬかも

人麿も荒都を歌ふ

人間が荒寥を娛んだり、廢墟を思ふ心は、古今東西を通じ、抒情詩歌に於て、ことに愛生享樂、現

世執着の現實主義思想は吾々の祖先が遺したものといつてゐる。さま迄多感でないにしても、衰滅、

廢亡の址を見ては、誰しもそこに深き哀愁を感じ、情緒を動かさぬ譯には行かない。萬葉集などに哀

傷歌の多い理由である。新羅、高麗、百濟などの舊都を見、その與亡推移を偲ぶ時、吾々はそこに何

ともいへない、無量の感慨を催さすには居れまい、さうした感じを私は假に荒寥の旋律といつて見た

のである。

さきに私は、支那の詩家李白の詩を引いたが、手近な所に抒情詩家として、柿本人麿がある、新羅

舊都の慶州や、高麗朝の開城などを見る時、人麿が『過近江荒都時』

……天にみつ　　大和をおきて　　靑丹よし　　奈良山を越え　　いかさまに　　思ほしめせか　　天ざか

る　鄙にはぬれど　いははしの　近江の國の　さゞなみの　大津の宮に天の下　知しめしけむ　す

めろぎの　神のみことの　大宮は　こゝと聞けども　大殿はこゝといへども　春草の　茂く生ひた
る　霞たつ　春日の霞れる　もゝしきの　大宮虚　見れば悲しも

反　歌

さゝなみの滋賀の辛崎幸くあれど大宮人の舟待ちかねつ

樂浪の滋賀の大輪田淀むとも昔の人にまたも逢はめやも

と歌つて居るが、大和から近江に都されたといふ、その大宮殿のあとは、この邊といふだけで、草
ばかりが生へてゐて、悲しいことであると帝都の推移を嘆いてゐる、重ねて反歌でも、いつまで待つ
ても、大宮人の舟を待つ甲斐はなくなつた、滋賀の大輪田は、昔ながらに淀んでゐるが、昔の人には
再び逢ふことは出來まい、ともいつてゐる。

東洋人の自然感覺

かうした衰亡人の哀愁は、東洋人特有の思想であり、自然への感覺は、荒寥の旋律であり、そのメ
ロデーの流れは、新羅の古都たる、慶州ばかりでなく、萬二千峯の金剛の山奧にも、扶餘の地にも、
はては朝鮮の南にも、また北にも到る處に充滿し、草枕の旅の子に、古蹟の巡禮者に、自然愛好の行
脚者に、旋律のヒントを與へずには置かない。私は朝鮮の山河を親しみ、謳ふのは、禿山の綠に包ま
るゝのでもなく、産米の收穫量の增すのでもなく、水利事業の擴張されるのでもなく、かうした、自
然讚仰、荒寥への憧憬に基くのだといふことを附加して、この隨筆の責を果したいと思ふ。
しかうした自然への憧憬は、吾々の生活意識の全部を支配するものでないことは、改めていふま
でもない。これは私の自然、ことに半島山河への特別の好みではあるが、東洋人の藝術心理は、それ
が自然であると思ふ。
この稿を終らうとしてゐると、滿鮮の旅から御影に踰られた川田氏から、こんな慶州觀が來た、

『……佛國寺の境内で、月光を見て一時間ばかりの心持は、何に譬へやうもありませんでした、乾ける國の空は、あくまでと澄徹し、この夜の月が、このまゝ永久に澄み輝いて、盡ぞいふものは、再び無いではなからうか、と思ふほどの心持が致しました、些かセンチメンタルですかな、お笑ひ下さい……』

川田氏は、私と同じやうに或は違つた詩歌の境からか、あの舊都慶州には、こんな深い執着があつた。そして氏の豐かな歌袋に秘められた牛島の山河は、乾いた國の空の、澄徹した荒寥の旋律のそれであつたらうと思ひ、若山牧水氏にしても、尾上博士にしても、またこの國に馴染の深い、細井魚袋氏なども、おそらくは、この私の氣持、荒寥の自然への憧憬に、共鳴して頂けるに相違ないと思ふ。

（四、五、二三日夜）

朝鮮黃綠風景圖

難波專太郎

私は內地に居る時に狩野派の繪を見て、天を摩する程峠つた絶壁の中腹に白雲が懸つたり、水の中から浮び出でもしたやうに、林の頭だけを描いたり、山の頂だけを描いたりしてゐる趣向を、それは確に詩味ある着想には相違ないが、自然とは可成遠い感じを持つて見た。つくりもののやうなびつたりと心に乘りにくい不快を感じてゐた。また單にさうした全體としての趣向構圖或は布置に對してのみ上述の如き不快を抱いたばかりでなく、その樹法や、山及び岩石の皺法等に對しても同樣に氣乘のしない感じを禁じ得なかつたのである。所が朝鮮に來てそれらの疑惑や不快を一掃する事が出來た。少くともあゝした、わざとらしい表現形式も、わざとらしいとのみ簡單にかたづけられない心を植付られた。といふのは、朝鮮の自然に接して、曾ては甚しくわざとらしいと思つてゐた狩野一派の構圖や描法に、少からず寫實的生命を感じたからである。全く、朝鮮の自然の到る處に、狩野派の持つ獨自な線や形態が點出してゐた。朝鮮と言へば誰れしも、話にでも聞いてゐるであらうやうに、內地とは餘程その趣が異つてゐて、野と言はず山と言はず、樹木が少く、なんとなし蕭散ではあるが、豪雨などには土砂は洗ひ流されて、高山などには黑々と稜々たる岩が露出し、或は巨然たる頭骨は碧空に聳え如何にも雄大豪壯である。この雄健豪壯な點は狩野一派の特色である。その疊々たる岩根こゞしき間に春は岩躑躅が彩り、秋は蔦や紅葉が紅々と夕陽を吸收して、遊樂の人をして一日の興を增さしめるのである。また、朝など往々濃霧がそれらの山谷に懸り或は凝滯して、一段の興趣を添へる。山腹に帶でも懸けたやうに霧が流れたり、全く言葉通に霧の中から山の峯だけがぼつかりと浮び出たりした

光景は、狩野派の得て描んだ畫材であり、又趣向である。探幽や常信あたりに屢々見うけらるゝ圖である。

野口米次郎氏によると、ロンドンの冬は可成り霧が深いらしく、その著「霧の倫敦」の中に、次のやうな文章がある。「僕は或朝モニュメント停車場を出て、ビショップスゲートを指して歩いた。ぼてゝとして、魚か何かのやうに泳いでゝも居るのではないかと疑はれるやうな霧が、狹い道路を流れて居る頭を擧げると、兩側の高い建物が丁度耳語でもして居るかのやうに、双方から肩を接近させて居る。そして、其の霧の中を、金に餓ゑた魑魅魍魎が走つて居る！これは冬のロンドンで最も特徴のある光景だ。」

霧の底の市街の情景が遺憾なく描き出されてゐる。殊に「ぼてゝとして、魚か何かのやうに泳いでゝも居るのではないかと疑はれるやうな霧」とは、流動する霧の感能的感觸を言ひ得て餘す處のないやうに思はれる。然し、かうした感觸と暗示とを受けるのは、比較的霧の淡い時の事であつて、更に一層深く深くなつて來ると、自分を中心に三尺四方位しか見えぬ。木でも石でも薄絹ににじんだやうに見えるばかりで若し向ふから人でも來ると、つい鼻先に來てぼうと浮ぶやうに現れ直ぐ後に消えてしまふ。

自分は雲の中に浮び上りでもしたやうな惑しい氣がするかと思ふと、或はこの霧が溶けて崩れる方は、何千尺と直下に落ちはしないだらうか。でなければこの霧が一時に凝結して、不透明な硝子の中のミイラのやうになりはしないだらうかなどと稍々病的な感じさへおきる。こんな霧中三尺四方の世界にあつては、山や林の鑑賞もなにもあつたものではないが、先にも言つたやうに自分が居るあたりにさしたる霧もないのに、遠く野のはてから山麓にかけて霧が白く凝滯して、山の頂だけが紺色に飛上つて見えることがある。丁度潮が夜の間に陸にさしこんでゝも來たかと疑はれるやうに。そんな時に山の峰々は海中の小島の如く、或は空中高く浮游せるものゝ如く見えて實に面白いのだ。私はかう

した光景に接した時私は常に神話の世界を想像する。そしてまたそこに傳説的な或は物語的な興味を

抱くのである。この風致は朝鮮の秋の一特色である。

昔から雲の富士に圍繞せる壯觀は認められてゐた。例へば

ふじのねの麓を出でてゆく雲はあしがら山のみねにかかれり

心あてに見し白雲はふもとにておもはぬ方にはるる富士のね

などと古人も遺してゐる。かうした風致が朝鮮では秋から冬にかけて屢々出現して來るのだ。朝鮮

には、栗林やポプラやアカシヤや落葉松などが多いがポプラや落葉松などの黄葉は實に壯麗だ美しい鳥

が尾を吹き上げたやうに高く蘯立した黄金の林の裾を續つて、横引に刷毛で描いたやうに、一連

の霧が白く懸り、丹塗の碑閣の廂が水に浮いたやうに見え、かささぎが二三羽キ、と啼きながら飛び

交ふ圖は、巧麗華美、纖細優美全く土佐繪でも見るやうな氣がする。

日本の過去の文學は決して「紅葉」を蔑にしてはゐなかった。苟も詩文に多少なり嗜のある程の者

ならば一樣に「紅葉美」に關心を持たない者はなかったと言つてもいい。勇敢・悲痛・殺伐を記した太

平記作者でさへ「哀」を旨として叙する俊基朝臣の東下りの段とは言へ「紅葉の錦着て歸る嵐の山の

秋の暮」と一筆を紅葉に費さずには居れなかったのだ。更に、進んでは落葉林に潛む聽覺美の世界を發見し、

木田獨歩もゐる。彼は在來の詩人が視覺美を歌つたに對して、落葉林の節奏美を力説した國

そこに盡せぬ生命を感じ、遂に眼を閉ぢて紅葉の律動に感激した詩人であつた。

然し、日本の秋の主役者は「紅葉」ではなくして、寧ろ芒ではなからうか。。一體、昔から平民文

學或は大衆文學として、あらゆる階級に喜ばれたものは言ふまでもなく俳諧の

領域とするところは主として花鳥である。中でも秋の草はそれぞれに詩人の心を引いたと見えて、萩・

尾花・撫子・女郎花を始め七草が舉げられてゐる程である。だがよしや萩は露を帶びてたわわに枝垂

れても、白い河原に撫子はなよ〳〵と咲いても、更にまた野晒しの髑髏のくぼんだ眼に女郎花は映い

ても、芒のない以上は何うも秋にならない氣がする。秋の野邊特有の原始感が起きて來ない。池のほとり小川のほとり、廣き平野に薄赤き穗を出し、月によく、露によく、風によくとり小川のほとり、廣き平野に薄赤き穗を出し、月によく、露によく、風によく旅僧によく、敗軍の武士の行衛も知らず落ちゆくにいいのは芒である。かく内地の秋の主役者が芒であるに對して、朝鮮は矢張りポプラである。そこで一は草の秋であり一は木の秋である。朝鮮に芒が無いといふではないが、骨張つた山、廢額の野そして荒寥疎遠ではあるが、全體としての圖どりの大きい朝鮮では、黄金色のポプラが如何にもよくその統一をつけてゐるやうに思はれる。言ふまでもなく朝鮮人は冠に白衣がその風俗である。とりわけその步調は悠然たるものではないか。この白衣を着たる者の大檬な步調が、如何に朝鮮の自然にふさはしいか、黄金色のポプラにふさはしいか。ここに至つて私は造物主の決して無責任でない事をつく／\思はしめられるのである。小きざみに急ぐ黑染の僧は似合でないか。それに反して、青く高く晴れ切つた空の國」を想はしめるに過ぎない。何うしてもあの世への旅路としか想はれない。道行く白衣の人は死んでゐるかくては餘りにも冷めたく無氣味過ぎるではないか。それに反して、青く高く晴れ切つた空に映するポプラの黄金色に白衣の人の點出は、如何にも俗氣ばなれのした感にうたれる。神仙國と言つたやうな奧ゆかしさを感ずる。また、高士の敢へて聞達を求めず野に高臥せるといつたやうしめ、且又、華麗ならしめてゐるが知れない。

私は元來春を好まないと同時に冬もまたさほどとも思はない。そこで結局は常に同じところに落ちて來るので、季節的には矢張初夏と秋が一番好きだ。殊に、朝鮮では一層その感じが強い。朝鮮の山野は概して土は痩せ石は禿で、松とか杉とかの常盤木に乏しい代り、柳やポプラやアカシャや落葉松などの木が、四月から五月にかけて一齊にその潑溂さを現して來る。爪のやうに吹き出た淡い新芽はやがて綠に化し、また木によつては紺背に暗綠色にまでその葉を茂らして、山野を彩るのである。

空は藍青を帯び、顔も映らんばかり澄明透徹してゐる。朝鮮では秋の空の高く美しいのは言ふまでもない が初夏も亦翡翠の如く美しく晴れる。空の美しさと同様に、秋や初夏の候には、空氣が澄み切つて、遠くの山や杜やが二里も三里も近く見える。かうした朝の氣持のいい事は何んとも言はれない。われわれは視力に汚濁を感ずる程不快な事はない。それが遠山の谷々、峯の木々まで數へられるやうに明かに近く視える愉快は、健全そのものの慈悦と幸福とである。澄明なる空氣、秀朗藍雨の空、その下に生々とした青葉若葉は茂るのだ。水の向ふままに放任して、人工的な堤などを築かない、極めて自然的な川の兩岸のをちこちに、柳はふさ〳〵と幹を隠し、山の麓に落葉松やポプラは出來るだけ高く伸び上り丘を圍んでアカシャの木は小暗く茂つて、無數の白い花をつける。その花は靜かで、しとやかで、床しい香を、微風と共に隨分遠方まで運ぶ。すべての木々の葉が金箔に化し、更に夕陽の光を浴びて恰も神火の黄金に燃ゆるが如き秋の光景に對し、初夏緑樹欝蒼として、上に瑠璃碧玉の空を控へ、住む人の心を爽快ならしむる神仙國の趣である。前者は暖い色であり、後者は涼しい色である。一方は人の心を發揚させ一方は人の心を清淨ならしめる。然して黄緑共に喜悦な點に於いて同一であり、共に俗はなれした光景を呈するのであつた。

重ねて言ふ。黄金色が、吾人を喜ばせ、吾人の心を浄化すると共に、正反對の色彩ではあるが、緑色が亦吾人を喜ばせ、吾人の心を淨化する。この喜悦の色彩を二つながら備へ、更に玲瓏玉の如き空を與へられた朝鮮は實に幸福だつた。内地あたりでも秋になると俗に日本晴といふ日があつて、空は一點の雲もなく晴れ渡つて、紺青の美しい空を呈する事は屢々あり、伊太利なども大空は青々として美しいそうである。この美しき空があるために日本や伊太利は北歐の人々からうらやましがられるのではないか。伊太利や日本が他國から風光明眉と稱せられるのは、單にその山容樹林の秀麗なるばかりでなく、それらをしてそれたらしむる空の澄明を忘れてはなるまい。この人の羨む紺青の空、これを朝鮮は所有してゐるのでないか。内地の秋晴の空も美しくないとは決して言はないが、まだ、何

處かその透徹を缺いてゐる。

　昔から青や綠の美を知らなかつたやうに、壯大な美を解する力に乏しかつたやうである。何時の間にか海や山は越え難い恐しいものになつてしまつて、哀れなもの、幽かなもの、頼りなげなものと言つたやうな女性的なものに對して妙に興味を持つやうになり、雄健、宏大、壯嚴と言つた男性美に對しては、充分咀嚼しかねて來たやうな憾を禁じ得ない。「荒海や佐渡に横たふ天の川」かうした豪壯雄大な鑑賞は俳句史上にも和歌史上にも澤山はないのである。そして、殆ど偶像的に、櫻を愛するやうになつてゐるが——それとて櫻花に對して眞に美的生命を感ずるのではないが——新綠の美を感ずる者は少い。新綠とは稍その範圍は異ふが、一步讓つて「靑」といふ廣い視野のものとして、日本人の賞美するといふ松に就いて考へてみるに、松に對する日本人の鑑賞も、そこには餘程不純なものが混入してはゐないか、卽ち、松は千年その色を變せずといふ敎訓的な考から來た無理じいな所がある。それは、柳の風吹くがよいとなびきて非はぬ樣を處世上の要訣と解したり、從順の美德を解することによつて柳を好むのと同じ考へである。我が庭園師は築山や屋敷まはりに一二本の松は無ければならぬやうに言ふが、それは松が持つ「靑」を愛するが主ではなく、寧ろ如上の敎訓的な意味からか、でなければ枝や幹の禪味、老骨な味と言つたやうなものに興味を引かれてである。

　そこで、千年斧鉞を入れずといふ大森林には大して興味も引かないのである。そこへ行くと、獨逸人や佛蘭西人は、內地人のやうに春の花に對してこそ餘り騷がないが、靑綠の美には心を引かれるさうだ。日本人が、岩石を置き、地を掘り、山水を宿圖する技に長じたに對して、彼れ英米人は、廣大な芝生を造るに巧であつた。前者は風韻であり、後者は綠の美そのものに就いてである。

　遂話が餘談に渡つてゐたが、朝鮮の悠々としてまらざる山野を舞臺として、靑綠の漲るのは、長い冬籠の後だとは言ひ條實に壯觀である。その滴るばかりの新綠の下を、悠然として白衣の人は通るのである。全く、淸冷雅致、その趣は水彩畫としても、南畫としても好畫材でなければならぬ。(完)

朝鮮民謡に現れたる自然の一面

田中　初夫

私は本文をお讀み下さる方に次の點を斷らなくてはならないと考へる。市山氏に標題の論を書くことを約束したが標題通りの

よい物が書けなかつたことである。私は手許にある材料と一ヶ月許りの時間とで或程度まで書けると思つてゐたのであるが、材

料整理上の手違ひと繁期以外に余りに多忙に思つた生活の爲めに思索を深めることが出來ないで手近な材料を單に羅

列したに過ぎなくなつたのである。なほこゝに擧げた材料は京畿近辺並に江原忠南道の一部にわたつて京畿道公立師範學校の生徒

諸君が蒐集し且つ飜譯されたものである。私の朝鮮語の不勉強と身邊の雜事はそれを股密に校訂する餘裕もたせなかつた。本

稿成つて友人に一應閲て貰つたが倉卒の間で充分で克分でなかつた。從つて飜譯は不統一であり或は不正確な點があるが不惡願ひたい

私の所見よりも、この材料を提供する方に私は興味をもつてゐる。謠の終りの括弧内は道及郡である。これらの中には他の數郡

又は全道全鮮といふのがあるか、しばらく手許の材料の蒐集地名中の一つをとつて從つた。

自然讃美の文學は、一帶に東洋に多いと思はれる。自然そのものになりきるといふか、自然もわれも

境界なくなる境地をうつしたのは、王維や淵朋や、西行、芭蕉等といつた詩人は言ふまでもなくその宗

家なのだが、一帶に東洋に多い様に思はれる。西洋の學者には民謠といへば抒情詩と限定してしまつて

純然たる叙景詩を認めない様なのもゐるが、東洋に於てはこの考へでほうまく收らない場合がある。

高い山から谷底見ればお萬可愛いや布さらず

は西洋流にやつて差支ないが、

高い山から谷底見れば瓜や茄子の花盛り

では抒情味なぞあんまり有る方ではない。然し民謠として立派に歌はれる。この例は、日本のである

が、乏しい私の手許の朝鮮民謡にも見出すことが出來る。

(1)　チュッ〳〵〳〵一二チュッ〳〵〳〵四五、垣根の下の枯れはてた、桃花の幹に、雀が一羽、枝から枝へ、幾尺あるかと、計りながら、飛びまはる（江原・厚州）

(2)　暖い春が來ると、赤や黃の蕾、靑い靑い草の葉、暖い春がくると、彼方此方の鳥の聲、彼所此所に蝶の舞（京畿・京城及附近）

などは、單なる叙景の詩であらう。

一體私達は自然と人事に於て、どちらに先きに目を向けるだらうか、私はこれに決定を與へる譯にはゆかないが、こんなに思ふ。ちらに先きに目を向けるのは社會としての人間世界であらうと思ふ。然しこの社會を見出すの私達が生れてまづ目を向けるのは社會としての人間世界であらうと思ふ。然しこの社會を見出すのはかなり成長してから後のことであつて、たゞ單なる人間愛の中にひたると言ふ程度のものであらうこの程度の人間愛はまづ近親から始る。

(3)　私のお父さんの行く處には、燒酒濁酒澤山あれ、私のお母さんの行く處には、布が澤山あれ私の姉さんの行く處には、白粉が澤山あれ、私の兄さんの行く處には、黃金が澤山あれ、隣の叔母さんの行く處には、虎が坐つて居れ（京畿・富川）

やがてこれは私達の周圍の自然に向つて變せられてくるのである。童謠の中にはこの種のものが見られる。

(4)　蝸牛よ蝸牛、錢一文やるから踊れ踊れ、お前の父は天で太鼓打ち、お前の母は踊るよ

私達の生活は近きより遠きに及ぶのは心理學的に成長過程を見にうなづかれる。3の歌の如きは隣家の叔母に對して厭惡の情を示してまで近きものを愛することを語つてゐるが、一轉して外界の自然を見る時に自然の生活は自分の生活の中に取入られて解釋される。4の蝸牛の兩親のその父は鼓

打ち母は踊る所に一つの社會相を反映するのである。同樣なものに次の樣なのがある。

(5) 雁よ雁よ、先にゆくもの大將、後からゆくもの兩班、後からゆくもの泥棒。(京城)
これは歌はれた內容は4と全く異るけれ〴も自然と人事とは混一されて、そこに人間社會がそのま
〻出てくる。やがて自然は親しむべき自然として受とられる

(6) とんぼよとんぼよ赤とんぼ、向ふへゆけば死ぬぞ、こつちへ來たら生きるぞ(京城)

(7) 雄々雄さんお前の家は何庭か、山越えた向ふの林の下が、暖かい 私の家だよ、何を食べて
暮すのか、表の庭に 豆が一石、裏の庭に 粒が一石、子を生み 娘子を生み、明綢織り 布
を織り、やうやく 暮すよ(京城)

自然は人間の世界と大して變つてはこないのである。かくの如く自然への意識は童謠に於ては人間
へのそれと區別されない。然しこれは單なる混同ではなかつた。やがてこの狀態から再び自然は區別
されなくてはならなくなる。 私達は民謠と稱される自然俚謠の中に如何に自然が歌はれてゐるかに注
意しなければならなくなる。
自然は親しまるべきものであつた。 親しまるべきものは美しくなければならぬ。

(8) エヽラサンサデヤ、明沙十里の海棠花よ、花がしをれるとて悲しむな、唐名花の楊貴妃でも
死んでしまへば皆虛事である(京畿・坡州)

(9) 空よ 空よ、木の葉が踊る、空よ 空よ、花ご花と接吻する、空よ 空よ、何處でもゆける
空よ 空よ、浮びまはる空の風、貴女を失つた 私の心は淋しい(忠南・咸歡)

(10) 銀糸の襟に細い春雨が、微妙な仕掛けの老姑草の中に、音なく靜かに下りて來て、まゝごと

しなから嬉しがる、私は 私はひそかにそれをみた（江原）

（11）　陽春の佳い時がもう來て、杏の花が咲いたので、杜鵑はしきりに鳴き、種播きを促すのだ、眠り耽りつてゐる農夫も目を覺して、田を耕し畑を耕し、種を播け、どうしよう〳〵、時期を過して暇を失へば、どうしようか　（江原・華川）

8は葬禮に唄ふものゝ一節だが、明沙十里といふ語は方々に用ひられる。成鏡南道には明沙十里の名勝地もある様だが、自然の一つの典型であらう。

美しい自然はまづ色彩から始まる。色彩の美はもつとも人の目を惹きやすい。然もそれは文明人の間色の美ではなく、原始的な原色の美である。2の歌に引かれた色を見よ、赤黄靑の三原色である。8の美しき榮華の極みは芥子の花の紅である10の老姑草は濃艶な眞紅の花ひらである。

（12）　百日紅と言ふのは、百日の間咲いてゐるからだ、私の父母もお前の様に、百世長壽してほしい（京畿・水原）

百日紅も文字通り紅の色である。

（13）　鳥よ鳥よ　靑い鳥よ、綠豆畑に　止るなよ、チャンブ商人　泣いてゆく（京畿）

靑い鳥、又綠色をした綠豆、赤い花などゝ共に如何に感覺的であることか。

（14）　友よ、友よ、此處に砂の城築かう、靑煉瓦で高樓を立て、白眞珠で柱立て、琥珀で梁を渡し靑玉で貫を渡し、黃金で壁をぬり、水晶で門をつけ、父母兄弟迎へて、千年も萬年も暮さう

これには富に伴ふのであるが近代的な感覺さへ見出される。

（15）　江水を以て酒を造り、明月をもつて燈となし、十里の明沙を數へて置き、醉ひもしなければ歸

この様な色調をもつた自然は遊びに申分はない。船遊びの唄に、

る氣もしなからうよ、青山よ　沒する月を止めよ、殘つた酒を置いて、友の歸るのを惜しむよ

（京畿・永原）

と言ふのがある。

色調は感覺的であるが、他面にはその形狀に對して感覺的な自然を見出したのがある。

(16) 月よ　月よ　新月よ、何處へいつて今來たのか、花嫁の眉の如く、老人の腰の樣である（京畿）

自然は親しみ易く愛らしきものであつたが、それには日月星辰の如き天體或は天象がまづ歌はれた

4の天の川、9の空、15の月などはそれである。

(17) 青い空には星が一杯、私の家の暮には問題が多い、（京城）

(18) 月とりにゆかう、星とりにゆかう、裏の家のおぢいさんの Testiele とりにゆかう（京城）

(19) 月とりに行かう　星とりにゆかう、西天國に　命祈りに行かう（京畿・高陽）

(20) 木を植ゑ、木を植ゑ、洛東江に木を植ゑ、其の木が大きくなつて、實が一つ實つたが、何の實が實つたか、日と月が實つたよ、實を一つとつて來て、お日樣では裏を付け、お月樣では表を付け、袋一つ造り出して

——（以下あるべきも不詳）——（京城）

(21) 月は取つて袋をつくり、日はとつて中に入れて、姉さんの夫が來られたら、お上げしようと思つたが扇で面を隱して後向をしてゐる（京畿・廣州）

(22) 降る降る　雨が降る、待つ時降らずに、用のない霖雨が、ふりつゞく（京城）

これらの日月星辰又雨等はつねに消極的理解であり愛撫である。そこにはその中にひたたつて樂みを

享樂する弱さはあるけれども動きかける強さをもたない。力強き自然としての畏怖を見ない。花を見れば野邊に咲く小草である。鳥を見れば木の間に囀る小鳥の類である。常に小さき規模を追ふ自然の世界である。されば自然は優しく我が掌にもてあそばれるのである。

（23）行かう行かう、遊びにゆかう、後の園に遊びにゆかう、花も摘みまごともし、兼ね兼ね遊びにゆかう、禰童を花嫁にし、立粉を花婿にし、花と草を集めて來て、貝殼で釜をかけ、面白く遊ばうよ（京城）

（24）後の山の老姑草は、老いたのも若いのも、曲つてゐる、（京畿・高陽）

（25）ひましよ　椿よ、寶るな、あの家の乙女が、浮れ出す（京畿・水原）

（26）姉さん姉さん、從兄の姉さん、お嫁の暮しはどうですか、お嫁の暮しよりもからいでせうか、お嫁の生活三年すますと、梅の花みたいな私の娘が、芹の花見たいになりましたよ、お嫁の生活三年すますと、十二幅の紅裳、涙をうけてくらした、三幅の裳仕事用裳、水鼻を受けてくらした（京城）

（27）一字の名の　おしろい花よ、石のおしろいか　土のおしろいか、綠衣紅裳の化粧か、夕陽になつて暮れる日に、時間を探して斂へる、
　　　　　　　　　……（不明）……（京畿・水原）

（28）妃よ妃よ楊貴妃よ、唐明花の楊貴妃よ、金色の樣な美しさなのに、何うしてお前はその樣な花で、三日目に花が落ちてゆく、短い命が惜いな（京畿・水原）

（29）鳥よ鳥よ、青い鳥よ、宮中に這入りこんで、銀杏の木の葉をくはへて來て、岩の下に集めおき
貴方の兄さんの結婚式の時、青絲紅絲で垂れて上げよ（京畿・漣川）

（30）桑摘みに行かう桑摘みにゆかう戀人も逢ひがてら、桑摘みがてら、兼ね兼ね桑摘みに行かう
（京畿・坡州）

喬木や古木の影はあまり多くは見受けられない様である。
鳥や動物にしても同樣であつた。

（31）雁よ雁よ　お前は何處へゆくか、咸鏡道へゆくのか何しにゆくのか、子を生みにゆく何べん生
んだか、二へんうんだ私に一つおくれ、何をするのか燒いてたべ煮てたべ、尾は　尾は負背つ
てやる（京城）

これには雁の代りに鵲といふのもある。こゝに見出れるのは弱きものに對する、強者の虫のいゝ搾
取だ。だから虎の如きものは常に恐畏の對象である。3の歌や

（32）萬疊山中に老いた虎が　太つた雌犬をくはえてきてあつちに轉し、こつちに轉して驚かせる、
狂風の落葉の檽に碧海にふわりふわりと流れて行く日は西山に沒し月は洞庭に上る
萬里長天に鳴いてゆくあの雁は燕をつかみに行つた何か言つて燕よ　東方の所へゆき
ふわりふわりと私の家まで廻つてきなさい　（江原・華州）

の首部に見える虎は愛されてゐない。恐ろしきものと見なされる。然し他はきはめて温和なものし
か歌はない。1329の鳥、7の雉、11のほととぎす、1の雀、4の蝸牛、6の蜻蛉等小さく弱きものが
多い。

(33) いなごよ　いなごよ　いなごよ　稲の葉を食ふな、私の父母が汗流して、作った稲作った稲
お前が稲葉を皆食へば、私の父母は泣悲しむ、ピヨン〳〵はねる奴を、つかまへて掌に置き、
朝食ふ米をつけ、夕食ふ米をつけ、上手につく〳〵、元氣よく上手につく〳〵(京畿江華)

(34) 向ふの豆畑に金の鯉が遊ぐ、お前がどんなによく遊いでも、酒の肴にしか過ぎないぞ、(京畿江華)
これらにも弱者への迫害が表れる。これらの中、犬だけは、夜の守りである爲か恐ろしい物の仲間
に首を出してゐる。

(25) 婆さん婆さん門をお開けギイギイ、犬を追ひ出しなさいこの犬を、西瓜一つおくれ取ってゆ
け、(江原・原州)

(32) 簪拔いて土にさし、耳掻き拔いて木にかけ、髮解いてばらばら、髮にし
貴方の母樣のお祝ひの餅貰ひに行った、黄色な犬もよく寢て白犬もよく寢て斑犬もよくねてむ
く犬もよくねて貴方の父樣の花鞋を買ひに行った、背負ってもがあん〳〵抱いてもがあん〳〵
(京畿、廣州)

鳥では鶴が目出度いものとして歌はれる。

(37) 私の母が、私を孕む時、竹筍の芽を、願ってゐたが、その筍が、大きい竹になり、大きな竹の
先に鶴が坐り、鶴はだん〳〵若くなつてゆくが、私の母は、老いてゆく (江原原州)
私の手許の材料から拾ひ出した例であるが、自然に對しての素材はこんな樣に用ひられてゐる樣で
ある。私は次にこれらの素材を如何に使ひこなしたかを一瞥しよう。
朝鮮は古來支那崇拜とまでゆかなくても、それに近い支那文化の影響下に成長した。だから支那流
の臭が民謠にまで浸みこんでゐる。有名な「月よ月よ明るい月よ李太白の遊んだ月よ」の唄の如き朝

鮮に普遍的なものであるが李太白を持ち出して來てゐる。

（38）双金双金双指輪、豆腐双金鉛の指輪、前の庭には花畑である、後の庭には蓮池である、蓮池の眞中には草堂がある、草堂の門をからりと開ければ、繪のやうな姿がゐる、お前の姿か　私の姿なのだ、とぎ汁の沈澱の姿であらうか、針箱の糸姿であらうか（京畿・高陽）

（39）鳳仙花と云ふものは、花春三月盛花の時に、西皇母の結婚式に、王皇樣が造つたものである、私の部屋の後面の廣い庭に、玉土の樣に綺麗に土をおこし、一杯植ゑたに芽が出た、朝夕冷たい露に、段々と大きくなる、表の葉はのけ置き、裏の葉は取り出して、白玉盤を彫り出し、チョハルサひらいて、燭火に戲弄をする、綾くしめないで、堅くしめよ、一夜寢て起きると、私の指先に花が咲いた、一返染め二返そめ、黑色が顯れ出るから、お前の名前を作り改めよう、處女花と云ひませう（京畿・水原）

かうした例を數多くひく代りに次に鳥打鈴と言ふのを擧げよう。

（40）鳥が鳥が飛んで入る、總べての鳥が飛んで入る、南風を逐つて出なければ、九萬里の長天に大鵬鳥、文王が出てゐらつしやれば、岐山朝鮮に鳳凰鳥、無限に深い懷しい心を、鳴き餘した孔雀鳥、瀟湘赤壁七月の夜に、憂然長鳴白鶴が、誰に文字を送らうか、佳人想思の雁、生憎帳額繡孤鸞、美しや彩鴛鳥、弱水三千里遠くて遠い色、西王母の靑い鳥、壽福貴人石怪山に、消息を傳へる鸚鵡鳥、聲々啼血染花枝、歸蜀道不如歸、遼西の夢を驚醉すれば、英敎枝上の鶯、萬頃滄波綠水上に、願不相離鴛鴦の鳥、……（不明）……飛入尋常百姓家、王謝堂前の彼の燕、楊柳池塘淡々風、ふはくと浮んだ塵境の落霞は、孤鶩と共に齊飛して（下略）……（不明）……

これ等は實に極端な支那化である。否支那化といふよりも、支那思想の受賣りである。否支那の詩句の唱誦である。事大的な思想に支配された自然界は、殆ど全く支那的色彩の中に更生した。李太白

西王母、東方朔等に見られる黄老的色彩すら取入れられてゐるのである。單なる事大思想からだけでなくて、そこには何か深い根據があるのではないかと思ふが斷定出來ない。然しひそかに思ふに

(41)かうしても太平、あゝしても太平である、堯の日月である、舜の乾坤である、私も太平の御世にても太平である、畑を耕し種を播く時が來た、春に、遊び 遊びたいのである、(京畿・江華)

(42)これ見よ農夫よ話を聞けよ、話を聞けよ、日落西山に日が落ち月出洞庭に月が登り、エ、、、ヘルサンデイヤ、堯之日月舜之乾坤は太平聖代ではないか、敦民大食した後は農の外に又あるか、春に耕し種を播いて後は雨順風調が第一である、來た 畑を耕し種を播く時が來た、春夏秋冬四時の循環は我が農夫の爲である(京城)

等に見える堯舜への思慕の情、いひかへれば虐げられたるものゝ逃避の叫びが、かくの如き色彩をもたらすのではないだらうか。現實に勝ち、現實と理想にまで進めようと云ふ努力が水泡に歸する時荒寥の姿が之れにかはり現れて來るのである。民謠に現れる支那的色彩は私は斷定するわけにゆかないけれども、かうした感情が歌唱者の中に潛んでゐるのではなからうかと思ふのである。そして、彼等がもつ自然は、その故に消極的理解の世界である。平安朝の日本人が、愛すべく優しき前庭的自然の中に住んでゐたことを思ひ浮べて、そこに衰滅寂然の中に光る美のリズムを朝鮮の民謠の中にも思ふのである。積極的な強さを欠いだ朝鮮の自然、恐怖すべき偉大なる力を失つたその自然は、失ひつゝある中に荒れゆくリズムの歩みがにぢみ出てくるのであらう。無力な小さゝ、時には弱者を虐げる變態的な喜びをすら感ずるのである。

私はこの不用意な稿を終るにあたつて、次の美しい歌を一つ擧げやうと思ふ。

(43)姉さんが來るよ、姉さんが來るよ牟月の橇な姉さんが來るよ、妾がなせ牟月か、月の初めが牟月なのよ (江原) (昭和四、五、二八)

畫材としての朝鮮風景

加　藤　松　林

朝鮮風景の特徴は四季を通じての明るい陽の光りと乾いた空氣であるように思ひます。そしてその最も美しい魅力あるものは晩秋初冬の頃の明るさの底に沈む寂寥の氣分であります。だからこれらの基調を外にして朝鮮風景の畫面は全然成り立たないであらうと考へます。

然し、かの金剛山は少し違ひます。金剛山は牛島の八景とはまるで無關係な別個の山水であります言はゞ天から降つて湧いたきこ秀抜極まりなきパノラマでありませう。眺望の山としては素敵ではありませうが、私たちの畫材としては誰れもが難儀する山であります。これは金剛山そのものの餘りにも精巧壯大なことが理由でもありますがまた一面、日常の私たちの生活とは何の關係もない、從つてその親しみの度合によるのではないかと考へます。

私たちにとつて最もよき風景の題材は、私たち自身の日常生活に一番近く親しい風景であります。平常見馴れた何でもない風景であります。この意味で例へば金剛山の萬物相や九龍淵の瀧よりも京城郊外の麻浦や北漢山やがより好ましい題材なのであります。

風景が歴史にむすびついた時には更に一層の魅力を增すのは言ふ迄もありません。單に畫材として

は歴史や傳說の有無は全然關係のないことではありますが、その結果に於ては場合によつて非常な効果の相違を來すのは事實であります。だから作者がこの効果を意識して利用するのは多少問題だとは考へますが、製作の結果がかうした歷史や傳說の世界を連想し、見るものゝ心に限りなき夢を展開させるとするならば、畫材としては實に好箇のものであります。

歷史や傳說といふ程でなくとも、其所に人間の生活のない風景といふものは槪して淋しいものであります。例へば遠くの山裾に點々とある部落の家とか、街路を行く白衣の人、橋を渡る婦人の群などが如何にそれぞれの風景を生かせてゐるかは言ふ迄もないと思ひます。

朝鮮の寫生地としては私は京城附近を最も好みます。北漢山、漢江などの山水ご李朝五百年の歷史はやはり最も豐富な題材を與へてくれます。次は錦江です。忠南北を流れて黃海に入る錦江沿岸は私の好きな畫材が隨所にあります。

然し、私たちの日本畫のものは理論上言はば勝手に畫面を造るので、題材も形や色の好みより何方らかと言へばその風景の讓す氣分に重きを置く傾向があるので、その題材の撰び方も自由であると同時にまた特殊でもあります。

ともあれ私は朝鮮の風景は好きであります。好きであるといふより以上結びついて今では最早や離れられなくなつてゐます。そしてこれはあながち私ばかりではなく誰れしもさうであらうと思ひますし、また總ての人々が朝鮮にゐる間だけなりともしみじみと朝鮮の土と親しんで貰ひたいものだと考へてゐます。(五、二五)

朝鮮の空と花

安達緑童

空と花

八年程前の事である。私は夏から秋へかけて、二ヶ月程の旅をして來た。常陸、上野、武藏、駿河、伊勢、大和、攝津其他諸方に住む俳句の友達が、頻りに來遊を勸めて來るので、私は恰も巡禮のやうに片端から訪問して來た。

其の旅から久しぶりで朝鮮へ歸つた私は大いに歡喜した一事があつた。今迄氣がつかずに居て、初めて氣づいた一事があつた。其れはダリヤの色が、大變美しかつた事である。

自分の家の花壇に、いさゝかのダリヤが母の手に依つて咲かされて居た。紅、白、黃と色々の花が輝奸として咲いて居た。私は、さうしたダリヤの前に立つて、同じダリヤでも內地の其れよりも色彩が鮮麗であることを初めて知つた。紅いダリヤでも、とき色のダリヤでも、どうしても內地の其れより色が冴えて居ると思はれてならなかつた。

赤城山の麓に知人を訪ねた時も、道端の家にダリヤが咲いて居た。伊勢の松坂の友達の家にもダリヤが咲いて居た。京都帝大の俳句を作るS敎授の邸宅にもダリヤが咲いて居た。其の樣に方々でダリヤを見て來て、今朝鮮のダリヤの前に立つて見ると、著しく內地の其れより色彩が勝れて居るのであつた。

是は私の感遠ひで、旅疲れの爲、頭がどうかなつて居たのだらうと言ふ人があるかも知れない。事

實私も私の錯覺だらうと思つて居た。併し、その翌秋、内地へ行つて來る友達があつたので、ダリヤ
の色を好く見て來て、朝鮮の其れと比べて見てくれと頼んで置いた。確實に朝
鮮のダリヤの方が色が鮮明だと傳へてくれたので、私は自分の錯覺でなく、正しく内地のダリヤより美
しいのだと、大いに歡喜して了つた。

然らばどうした原因なのだらうか。私は内地の園藝家諸氏が、朝鮮の園藝家より培養が下手なのだ
とは思はない。又朝鮮の土地が肥えて居て、内地の土地が痩せて居るとも思はない。寧ろ朝鮮の土地
の方が痩せて居る位だらう。又内地で私の見て來た方々のダリヤは球根が劣等品だつたのだとも思は
ない。

私は原因を書く前に、朝鮮の空の美しい事を少し書いて見度い。私は空の美しさを思ふ度に、千家
元麿さんの次の詩が思出されてならない。

綺麗な空
實に綺麗な空
天國が見えるのでないかと思ふ
あまり靜かで
遠い空
靜かな輝きが勿體ないやうだ

私は此の詩に全然共鳴するものだ。内地の空を見て、これだけ感激する千家さんが、朝鮮の空を見
たならば必ず其の善美に陶醉される事であらう。
一片の雲もなくコバルト色に晴れ渡つた九月十月の空など、内地の人などの見られぬ美しさである

足どめて青き空見ぬ菊日和

私は去年の秋も懇んな句を作つた。道行く足を止めて、空の美しさに何時迄も見入つた時の句で、

こんな事は私に度々ある事だ。或は道端の草に腰を下して、或は薔薇の障子を開けて『天國が見えるのでないかと思ふ』と言ふ樣な心持で、飽かず空を眺める事がある。朝鮮の俳人には空の美しさを詠つた作が非常に多いが、歌人にも必ず多い事であらう。

空が美しいと言ふ事は、空氣が透明に澄んで居るからだらう。降雨が少くて空氣が乾いて居るからだらうと思ふ。そして、空氣が澄むと言ふ事は、色々な花の色素に科學的な影響を與へて、色彩をこよなく鮮明にするのでないかと思ふ。ダリヤばかりでなく、朝顔でも鳳仙花でも內地の其れより美しいと思ふ。

私は內地へ旅をして初めて其れを知つて嬉しくてならなかつた。

『內地の人は薄暗い部屋で花を見て居るが、朝鮮の人は明るい部屋で花を見て居るのだ』こんな事を其の當時の日記に書いた事がある。少し極端かも知れないが私は其んな氣がして居る。

明るい部屋で花を見續けて居られる私達は、何と言ふ幸福者だらう。

美しい名

朝鮮の自然の中で私の好いて居るものは非常に多くて、迚も十枚や二十枚の原稿には書けない。其の中で地名其の他が綺麗なのも、私の好ましい一つだ。

初めて京釜線に乘つた人は、秋風嶺と言ふ驛の名を誰も好きになるだらう。私はあの驛を通過する度に步廊に下りて見る事を忘れない。景色はあまり好いと思はないが、名が何ともなく懷しくてならない。此の名を雅號にして居る俳人が居る。

三浪津、梧柳洞、東豆川、淸涼里等好きな驛の名が澤山ある。俳號に梧柳洞とつけて居る人がある京城の景福宮の迎秋門と言ふ名も莫迦に好きだつたが、先年暴風雨で崩壞して了つた。私は美術的立場からもあの門の無くなるのが悲しかつたが、名が餘り好いので何とかして保存されないものかと

思つた。

建春門も好い名だ。光熙門もいい名だが之も取毀されて了つた。

昌徳宮秘苑には、芙蓉亭、金馬門、濃繡亭、逍遙亭、翠寒亭其他色々と美しい名の亭や門がある。

平壤の浮碧樓、水原の訪花隨柳亭などもいい名だ。安眠島、月尾島、俗離山、長壽山――皆好きな名だ。斯うして色々な物の名が美しいと言ふ事も、朝鮮の風物の中で、私の好む一つだ。（完）

朝鮮の自然と子供の生活

濱口　良光

『連翹の花が黃色を印した地には、爪先程な綠草が萌え初めてゐた。その野の彼方には一叢のポプラの林が淺い綠色を橫に抹し、その彼方には、朝鮮特有の强い曲線をもつた岩山が崔巍と聳えてゐた。そしてその上には、靑銅を拭ひ盡して一碧何物のさへぎる物もない大空が覆うてゐた。私はフトこの大空の中に、赤い紙鳶が動いてゐるのを見た。それは實に美しかつた。紙鳶の斜下には白衣の子供が糸を引いて驅けてゐた。總てが畫中のものだ』と思つた。この渡鮮當時の自然と子供の印象は、私の頭から、どうしても拭ひ去ることの出來ないものとなつてゐる。

由來子供と自然とは離すことの出來ないものであるが朝鮮の子供は殊に家庭の狹隘な關係から、郊外に出て自然と親しむ機會が最も多い。

ある夏の日私は郊外に幾群かの子供を見出した。近よつて見ると女の子達は黍殻を四寸位宛にきつて玉蜀黍の毛を上に結びつけ、人形を作つてゐた。玉蜀黍の毛のかはりに、細長い草の葉を結びつけて髮を結つてゐるのもあつた。

『それは何と云ふ草？』ときくと、一寸考へて「姬草」と答へた。子供たちは勝手につけた名かも知れない。草のむしりとつたものを一寸日に干し、柔くなつた所を手でもんで髮にしてゐるのであつたが、中々手際よくお下げや、お姬さん髮に結つてゐた。一方男の子の方を見ると、黍殻で馬を作り、股間にはさんで走り廻つてゐるものがあつた。

『一寸見せてくれたまへ』と手にとつて見ると、長い黍殼をへの字形に曲げ、同じ黍殼の皮で耳を作り、口の所は口らしく巧に割つてそこから手綱を出してゐた。又黍殼で鐵砲を作つてゐる子供もあつた。家などは、皮と蕊によつてつなぎ合せ巧に作つてゐた。よく聞いて見ると、尚此の外に舟、米搗、車、牛と飛び車、雀、輿、樂器、水車、驢馬、眼鏡、鳥、ハカリ、家などを作つてゐる子供もあつた。以上舉げたものは黍殼を材料として作つたもののみであるが、右の外に春の初め、ポプラや櫻の若枝をきつて圓く皮をぬきとり、笛を作つて吹いてゐるものも多く見受けた。南の地方では種々な竹笛を作つて冠などゝも作るそうである。朝鮮は作つて興へる玩具は概して少なく、自ら作るものが最も多い。以上吹くと云ふことである。舊記には桃皮咸角葉（一名草笛）と云つて草木の葉を卷いて吹くものがあつたと書いてあると云ふが、今は爐の葉を卷いて吹くものが最も多い。

水邊の子供は舟を作つて夏など盛んに水遊びをする。材料は黍殼、竹、竹の葉、蘆の葉松の皮などである。

かうして春夏秋の間朝鮮の子供は家庭から自然へ〳〵と赴いてゆく。

しかし子供が自然に浸るものゝ中で最も著しいものは、女の子の摘草が一番であらう。春の初めから夏の終頃まで、野原、山の麓、堤、畑のほとりなどに、籠と串をもつた乙女の姿を見ないことは殆どない。

あの青々とした野原に白衣の少女の動きを見るとき、萬葉集の

　こもよみこもち　ふぐしもよ　みふぐしもち
　このをかに　なつますこいへきかなゝのらさね……

と云ふ歌や、李白が姑蘇臺の附近で菱をとる娘たちの歌をきいて作つたと云ふ、

　菱歌清唱不勝春

の詩の情景が思ひやられる。それは兎も角朝鮮の乙女達の摘む草は實に種類が多い。側で見てゐる

と出たらめにつむのでないかと思はれるほどであるが、それが家庭の食膳に上ることを思ふとよくあ

んなに草を覺えたものだと思ふ。今一部を見ると、最も多くつまれるものは、

ナヅナ、ヨメナ、ハコベ、ワラビ、ゼンマイ、アカザ、シホデ、イヌビユ、お寶草、高砂草、ノビルこれらは

みなゆでて水にさはし味をつけて食膳に上せる。タンポ、やオケラは摘んで藥にするのかと思つたら

藥にもするがやはり食用が主であると云ふ。尙コゴメナデシコ、ツルマンネン草も食べるし、又川ヨモ

ギにツリガネニンジンこれは根を食用とする。周知のことで、黃海道の民謠の中には採菜歌と云ふのさへある。

ことは周知のことで、黃海道の民謠の中には採菜歌と云ふのさへある。

桔梗の根が四季の食膳になければならないものである

桔梗とるとて

家ぬけ出して

死んだお婿の

墓まゐり

聞いてさへ怖毛立つものは猛毒キンボウグとトリカブトを食べることである。これは摘んで茹で二

三日水にさはしてたべるのである。尤もこの草のみを食べるのではなくて、他の草に混せてたべるの

である。

草ばかりではなくて木の芽を摘んでゐる乙女も隨分見かける。木は、ウハミヅ櫻の若芽、ニレの若

葉又は同じく柔い皮、タラ、チャンチン、ウルシ、ハリギリ——これ等はみな若芽を茹でたべる。山椒を

つんでゐるのもよく見かけるがこれは藥味にするらしい。

松の雄花の開花直前のものもよくとつてゐるが、これは蔭干にして花粉をとり、蜜でねつてたべる

男の子は野山に遊んで、よくチガヤの若穗をたべる——餅のやうな——我々も子供の時にたべた覺え

がある。又スイバの莖——酸味のある——あれもよくたべる。松の皮をたべるのは饑饉年ばかりかと

思つたら、朝鮮の子供はいつでもよくたべる。松の若葉のスク〜と延びたものを折りとつて上皮を

去つて白い膜のやうなもの甘皮をたべる。、いかにも甘そうである。餅についてもたべると云ふ。野茨も同じく甘皮をたべる。一寸意外に思つたのは畫顔の根、白い乳の出るのを子供達は生のまゝたべる家庭ではごはんに焚き込んでたべる。

しかし何と云つても子供の最もねらつてゐるのは木の實である。今の季節では苗代グミ、櫻の實、桑の實、口の邊を眞黒くしてウハミヅザクラの實を食べてゐるのもよく見る。それからイチゴ、(クマイチゴ、サナギイチゴ、ウラジロイチゴ)は云ふまでもなく、ヘビイチゴまで食む。

今の季節ではないが、小豆梨、石梨、山ブドウ、エビヅル、クゴ、山査子、サルナシ、アケビ、ゴミン、山ボウシ、秋グミなど子供の舌ふ處でこの爲めに山をかけまはること一通りではないクヌギの實及びナラ、カシハの實は拾つて飯にもたき込むが又粉にして、一年中貯へ、ムク(朝鮮コンニャク)を作る料にする。

秋は茸の採集に忙しいこれは勿論子供だけではないが――子供も隨分とつてゐる。その種類は、甲タケ、シメジ、松タケ・初タケと地露の二つは右! はたべなかつたと云ふが、今はたべる。內地人はあまりにべないが、ベニタケ・アヲタケ・タマゴタケ~クリタケ・センコタケも隨分とつてたべる。

野山に於て虫や鳥をとるに格別な方法とては見たことはないが、たつた一つ雲雀をとるに妙なことをしてゐるのを見た。それは雲雀は巣に歸る時違へ下りて歩いてゆくことを應用して巣のまはりに圍く一面に棒ぎれを立て二ケ所位穴をあけて盪く。そしてそこには馬の毛で作つた輪がかけてある。ヒバリはそれを知らずに穴へはいる時その輪を首にかけてしまふ。そこを捕へるのである。一寸いゝ思ひつきだと思つた。

遊びとして著しいものは前述の紙鳶あげと獨樂まはしでこれは一年中やつてゐる。川に氷のはりつめた時獨樂はその上で盛にまはされるが、いかにも愉快そうである。獨樂の上を刻つて炭火を入れ、夜まはしてゐるいたづら者も居る。

自然と子供の生活それは書けば際限がない。まだ童謡にうたはれてゐる子供の見た自然や、鳥の鳴聲をいろ〳〵にきいて、それに意味をつけ加へてゐるものなど書けば面白いと思つたが紙數にも限があるからここで筆を止めることにする。(完)

大都京城

井上位人

1

朝鮮大陸の首都――京城の南面を握つた崇禮門が彼れ自身朝霧に巨大なる堂樓を包ませて、チョコレートのやうにあまく聳えたつと、左右に渦卷く人間と機械――それらが鐘路へ、光化門へとかずかぎりもなく續く――。ビウツク、パッカード、シボレー、ハッブ――荷物運びのフォード社長大橋新太郎君經營、京城電氣の新調大型ボギー車、府營高級新バス等――ビルヂングの高層壁には太陽がまつ白につきあたつて、そのま下にきんらんどんすの古めかしい衣を深かぐ〜と着こんだ、鐘路普信閣の古典的な建物が怪奇な姿體で大吊鐘と一諸にうづくまつてゐる。――昔明敏な感覺と端麗な容貌をもつた美童がこの鐘に鑄こまれて、いまだに吊鐘をつけば哀れな聲を擧げ父――母をよぶといふ犧牲傳の說をもつ鐘路の大鐘は李朝の名殘りを淡くとどめて平和な眠りにおちてゐる。

2

いま紳士淑女の乘用高級車が、普信閣を出て、直線に南へ走り鮮銀前の廣場を右に轉廻すれば、朝鮮ホテルの莊重典雅な玄關へ横着けされる。この日、この夜彼と彼女との新婚の夢をむさぼるにふさはしい近代式桃源の仙境――あれ見よ後庭のバラの花が噴水の泡沫に瞳をまたたかせながら紅毛人と並んで彼等を眺めてゐるのではないか。幸福な彼等そのプログラムは――世界名山金剛探勝この間經過日數――十日、京城を北へ去れば大同江の流れに純朝鮮のおもかげをしのぶ平壤の牡丹台。そこで一夜を砧の音に心をとかしやがて一路滿洲へ――ハルビンへ――モスコー、巴里へといふ――

夏の夜ウラルダイヤをちりばめた蒼天の星……星のあひだから花辨のやうに降りそそぐ、かぐはし
い初夏の微風が艶美な本町娘の輕羅にからみスポーツマン型若紳士のスネークウッドがプロペラーの
速力でめぐる。

夏の宵は大陸都會にもつともふさはしい情感をあたへ鈴蘭燈のもと幾千人の人々が海洋のやうにゆ
れる。新三越建築場の前から光りの洞窟に這入つて店頭裝飾に京城風景をめでながら漫歩すれば、さ
まざまなポーズの人影が本町日本娘の素足の肌に華やかにもなやましく映ゆる。

南滿洲鐵道株式會社歐亞連絡國際列車を、數時間前に乘りすて、京城驛についたばかしのフランス
人夫婦がグロデスクな「天下大將軍、地下女將軍」の朝鮮玩具に碧い目をかがやかせ女店員朝鮮娘に
値段を聽く──その横では蔣介石のやうな風貌をした支那人が現代式斷髮揚貴妃を左手にかかへな
がら蛙のやうに饒舌りつづけて「孔雀の扇」をもつと負けろといふ。亡命ロシヤ人が洋服仕立原料一
ヤール×圓×錢の安ものをうんとかつぎ込んで大きなづうたいを重さうに運んで行く……。

ああ長髮の愛すべきわが朝鮮古典紳士達が──他分江原道の赫士からそのまゝ産聲を擧げたであら
う純朴な相貌の持主が現代のすばらしい人間の奔流を夢のやうにながめながら臚馬の歩調でのろのろ
と步いて來た。

3

たが人々よ、まなこをⅯ街へ注ぎ給へ、そこには、ただれきつたジャズの音がカフェーG、カフェーS
カフェーY、カフェーR、カフェーV、などから女給の惱しい叫喚といつしよに灯の町へ流れ出ると、紳
士の禮讓をきずつける淫らな唄の濁りがすやすやとこれから紳士の群を愉樂の毒素へひきずりこむ。
この都のカフェーは東京のいやにノーブルめいた短所とハルビン上海のいやに肉情的な長所どをご
つちやにして京城のローカルカラーを麗らかにも纖細な波紋に波だたせる。

もしも諸君が「ぽんまち」の絢麗な散策に、飽きたたなら、鐘路裏の腸詰のやうなちくぢくした快感を
もつ朝鮮街の怪奇美を味はへばよい――。明月館の高雅な妓生の歌聲が大陸にむらがるポプラの葉か
げをかすめてほの紅い月によびかける時、牛の臓物と角のままの頭骸と、たくましく膨れた四肢とを
大釜に煮つめたソッ低いなかからソールロンタンの珍奇な料理がぶつぶつとたぎり白衣行人の臭覺を
麻痺させる酒幕に似た小料理屋の低い軒からむせかへる人いきれと交つた刺身、肉天ぷら、よせ鍋、ほ
しするめ、クル、ナッチーなどの珍客がそこに歩兵のやうに散らばつた大つぶの蠅共と同居してこれ
をどぶねずみの恰好をしたウエターによつて饗應されて居る風景……。

「うまい」「じつにうまい」
と連呼しながら賓客は長いあごひげを撫でまはす。
かうした景觀が異邦人の目をむやみに、ピンセットのやうにおどらせ、そこらぢうを好奇にみちた
視線で這ひまわらせる。

5

水標橋の石高欄に手をかけてもの思ひにしづんでゐる朝鮮モガの乙女は遠く離れた國境咸鏡北道の
會寧から京城へ遊學に來た娘だといふ。斷髪の彼女はまつ赤な上衣に、うす青い裳、踵の高い洋靴をは
いて、暮れゆく北漢山の紫ルビーの艶をした彩雲を見つめてゐる。彼女は十二分間ばかりつつたつて
ゐたが、やがてパゴダ公園へ歩みをうつして消えて行つた。こんな情景が蒙古族の典型的古典朝鮮紳
士から生れ出た乙女によつて公演されるとすれば一つの奇蹟である。
四千年の古い歴史と不可思議な傳説とをもつ國朝鮮には、聽くも美しい民謡が珠玉のやうに流れ舊
王城慶會樓の大石柱に大院君の偉業がしのばれ慶福宮の壮嚴とともに古典藝術がまぶしく燦いてゐる
讀者よ、喰ひたりないところはいつかの機會にもつと甘美な朝鮮料理として調理し僕は諸賢のため
に、さかんな饗宴を張らうと思ふ、幸ひに諒せられよ(完)

歌謠上より觀たる朝鮮の自然に就て

宋　錫　夏

市山盛雄氏より「民謠に現れた朝鮮の自然に就いて」とでも云ふべきものとの御注文であるが、一體自然觀といふそのものが甚だ不得要領なもので、雜誌や新聞に何々自然觀といふものをよく見るが、何れも畸形的自然になつてゐるのがその大部分のやうである。

民謠はその原生林のやうな素朴な、形式と表現を以て、あらゆる方面の思想を包畜して、この國民の記憶力に對しては根強い執拗性を持ちながらも、時間的には絶えず變化するものである。斯く民謠が執拗性を持つてゐるさいふのは、國民全體の心絃に響く或ると同樣一つの特性であるが、その共鳴性なるものも對内的の想像觀（とでもいふべき）が主であつて、對外的の自然觀には力が弱いやうに私には思はれるのである。いはゞ自然の讚美恐怖等を歌つたのよりも對人の愛憎觀念を歌つたものがより永い生命と人口に膾炙されるのが例である。

であるから歌謠上に現れた自然が、その國民全體のすべての場合に於ける自然に對する態度と觀察と云ひ得ないと思ふのである。どうしても民間信仰と民間說話あたりと併せて考察して始めて比較的正確な自然が現れるのである。朝鮮の歌謠の內で何れ迄を民謠と（狹義の）云ふべきかも、甚だ不明瞭で、假りに時調以下とするにしても、時調作家群たる儒者其他と一方收童權夫等との先人觀念の差異はどうであつたゞらうか、又同一家庭內でも、儒敎一點張りの男と（李氏朝以後）佛敎及びシャーマニズムの嗅拔けない女との性格的の相違も取入れて自然に對する態度及び觀察に違つてゐるのを認めねばならね。要するに民謠の上より觀た自然は不具者たるを免れねと思ふのである。

時調、歌詞、雜歌（今までさう云ひならはされてゐる一種の俗謠）の上では自然を一つの友人とし
て取扱つてゐるのが多い。そこには尊屬部類とも卑屬部類とも取扱はず、對等的地位を見てゐる
のである。自然が自分勝手に世にあるにせよ、又人生の爲に自然が出來たにせよ、人生と共に交際し
たい心持を持つてゐると解釋してゐる。南國海島民謠に現れてゐる恐怖觀念もなければ、露國
民謠の一種のやうに、猛烈な反抗觀念もないのである。たゞ友情のない友人にか、薄情な愛人に對す
る恨みを自然にあてはめたのは大分あるが、それすらも「諦めの恨」である。此等の歌謠には作者階
級が當時の智識階級である關係上（專ら李氏朝を主題として論ずる。以下同じ）表現形式は支那味を
相當濃厚に帶びてゐるのである。尚は特色の一つは、この事は文學上にも云ひ得ることであるが、自
然そのものが殆ど皆、繪畫的に取扱はれてゐる。從つて靜的な、哲學的な、瞑想的な、自然になつて
現れてゐる。或る方面から觀るときは、動的自然のやうに見えるけれど事實動的自然になつてゐないの
である。友的に取扱つてゐるこの自然には一部例外を除いては母的の（親母のやうな慈愛もなければ、
繼母のやうな妙な感想）になつてない代りに先輩位には取扱つてゐるのである。尚はも一つ見逃し得
ないのはこれら作者は寓意的に意識して作つたものであるから、自然の觀方に無理と矛盾が伴はれて
ゐる。

今これらの例を一寸舉げて見ると、（尤も例といつても一つ一つを批判して行くのでないから、大ざ
つばな處が多々あることを御承知願ひたい）自然を友的に取扱ひ又は自然は人生の爲に出來た位に思
つたものには、時調の羽調二中大葉には黃喜、羽調新、羽調三中大葉には崔德之、羽調二數數葉の、
金時習、鄭述、洪春卿、宋麟壽、任義直、羽調三數々葉には金光煌、羽調三雷の「三月三日李白桃紅
し……」の句、界穴の各調には鄭澈、趙寅、李奎報、金長生、等多くその例があるのである。歌詞雜
歌には、瀟湘八景、小春香歌、思親歌、鳥打鈴、江湖別曲、古愁心歌、平壤愁心歌、安貧樂道歌、四

やかである。

詞、短歌數種等を舉げることにする。又時調作家の中で、變つたものとしては鄭忠信、元昊、の宿命觀的自然、鄭夢周の人生に關はない無情的な自然、無理に自然を屈服しようとして却てされてゐる李安訥のそれ、金天澤の勝利感的自然、無情な自然を愛する曹植、諦めたる反抗的な眞伊の作等があるが、斯く見て來ると、時調自體が民謠としての資格が非常に影淳く、純然たる詩として取扱ひたくなるのである。歌詞羅歌の中でも、春眠曲、愁心歌、船頭唄（ベタラギ）燕の歌其他變つたものが相當にぎ

臨屐基歌、思美人曲、怨夫詞、花柳歌、城主ジリ、農夫歌、處士歌、竹枝詞、白鷗詞、花柳詞、惜春

所謂御座敷歌以外の民謠童謠に於ては自然を如何に觀てゐるかといふに、これには前述のやうな意識的なものが少い代りにそれだけ我等に、砂中の寶玉の感じを與へるものが多いのである。例へば覆土の歌に於て根强く心に蟠つてゐる風水說の影響も知ることが出來るのである。（覆士歌とは死人の柩を埋めるときの歌）歌は次の通りである。

山の祖宗は崑崙山、水の祖宗は黃河水よ、成鏡道白頭山の靈氣が入つてくる、平安道妙香山の美氣が入つてくる、黃海道九月山の美氣が入つてくる、江原道金剛山の美氣が入つてくる、京畿道三角山の美氣が入つてくる、忠淸道雞龍山の美氣が入つてくる、全羅道智異山の靈氣が入つてくる、慶尙道太白山の靈氣が入つてくる。（忠淸道）

又少女の唄にこんなのがある。自然を心ある人間の如く取扱つた處に面白味がある。

マング〳〵マン道會よ、モシドン〳〵カマングよ、フアルリヤン絹鶯よ、層岩大山深い谷に、母さん探せば、母さん何處へ行つたやら、靑山が後向いて、溜息もて答へた。火がついて黑山よ、靑山よ、花が咲いて花山よ、姉さんのタンギはグンチヨタンギ、あたしのタンギはヨンチヨタンギ、迴引々々金通引よ、客舍の庭に遊びに出ようよ。（慶尙道東部）

小女の唄には又自然事物を彼女等の玩具として取扱つてゐるものがある。

月もて裡をつけ、日をもて表あて、チヨムセイもて上縫して、虹のひもをつけて、姉の旦那にや
らうとしたが、わが門の前通る時、扇子で顔かくして通つた、薄情だからやれないよ。（東部京畿道
西部江原道）

農夫等の自然事物に對する態度はどうであつたかといふにその一例にこんなのがある。

向ふに浮ぶあの雲にどんな神仙が乘つてゐるか、大國なる天子國に遊ぶ神仙乘つてゐるよ（南方慕俠歌）

餘白に。締切日も過ぎたし、頭も俗務の關係からかちつとも落付かず、參考資料も何處に遣入つ
てゐるか見當らないから、心に浮んだものを書きあたりばつたり書いたものだから、順序もなく聯
絡もなく可笑しなものになつたのである。引例の歌も全部直譯をしたから、御諒承ありたいもので
ある。（完）

自然を對象とする朝鮮の信仰と傳説

岸　本　眞　治

東西を論せず何れの國にも山川草木乃至天界の諸物象の如き所謂自然を、神或は佛などの超自然に結び付けて觀念しようとした時代のある事は爭へない事實である。

宇宙創成に關するギリシャの神話や、神洲創成にまつはる我國の神話等に現れた自然力の神格化は各々其の國民の宗敎的自然觀を暗示するものと觀て差支へなからう。而して斯樣な觀念は、古代朝鮮にも共通して發見される物であつてこゝに朝鮮史の發端をなす檀君の建國神話を指摘する事が出來る抑々檀君に就いては古來史家の間に幾多の異論の存する事は猶我が高天ケ原に於けるが如くであるがこゝにその實在の人であつたか否かの史的考察は私の目的の外として觸るゝ事なく以下たゞ檀君の抽象的意義から、始めて古代朝鮮民族の信仰に及び度いと思ふ。

博學崔南善氏に據れば檀君とは Tengri 或は其の類語の音寫で天を意味する語から君王の稱に轉じたものと解せられてゐる。

而して檀君創世の舞臺たる大伯山とは今の白頭山又は秒香山であらうと言ふのが通説となつて居るが、之が當否は暫く措き、白頭、白雲、太白等山名に白を含む山々や單に白山（各地にある）と呼ばれる諸嶽はすべて神山といふ樣な意味を持つものと考へられるのである。白といふ字は本來は光明といふ程の意味を有するものであるが、古義では天・神などを意味し、太陽を以て天・神等の具體的表現若くは權化と觀じて居るのである。天子を呼ぶのは叙上の如き見方から起つた人格的稱呼に外ならない。それは日本でも帝君を奉稱するに天子だとか、天津日繼の御子だとかの稱呼を以てするのと觀

念上の酷似を見る事が出來る。

かくて具象的自然たる太陽を超自然の神と觀じ、太陽神とは又民族の太祖なりとの原始的の宗教觀は生れ出でたのであつて、かく觀じ來れば祖先尊崇の念に篤い鮮人にとつて太陽崇拜は寧ろ自然の業といふべきのみのである。

扨て前述の如く各地に散在する白山卽ち神嶽は部族と地域との變化に闘らず各々其の地方の神話の湧發地であり、民衆的信仰の對象として時人の生活とは不離の關係の下に置かれてゐたのである。村の共同祭祀場たる堂山や、山祠に近く設けられた造塔などは、卽ち彼等の信仰の標識とも見るべきものである。

佛教渡傳後、卽ち高麗時代に於ては星すらも佛として佛教・道教兩教徒によつて祀られ太陽は日光遍照菩薩、月輪は月光遍照菩薩として信仰された。山嶽が信仰の對象となつたのに就ては偏次の如き史話をも見るのがしてはならない。

大禪師道詵は新羅末期の高僧として有名な人であるが、或時不圖智異山中に於て遭逢した一怪老により朝鮮に戰禍絶えず、殺氣國中に充つる所以は山峰突兀として鬼氣を胎み、自ら殺伐の氣を促釀するが故である。よろしく我が指示する山々に寺塔を建立して山神を祀れとの敎を受け所々に寺堂を設けて大いに時人に信仰の要を說いた。高麗の王建亦道詵に參じて佛敎に歸依する事深く自ら佛敎を以て國政の基とした程であつた。

開城で年中行事として行はれるといふ「極樂迎へ」等も矢張り自然の威力への畏怖に基く山岳崇拜から出たものであるらしく山に對する彼等の信仰はあらゆる場合に示されてゐるのである。

朝鮮特產の名藥山人蔘は之を採取するに當り先づその山の山神に豚を獻じて之を供養し、吉夢を得てから翌日探索にかかる習であるといふ。

總じて傳說といふものはそれ自らが歷史の一章一句をなすか、正史の裏づけとして參照の價値ある

ものであつて、その豊富の程度は歴史の新舊に正比例するものと見て差支ない、かゝる觀點よりすれば朝鮮も亦立派な傳説の國であつて自然界特に山に關するものも種々にあるのであるが、大雨の時に天から下つた龍が寧邊の西の西倉にあつた山を伐つて德川まで流したといふ水流山の傳説などは奇拔なものゝ一つであらう。

黃海道鳳川の洗淸山は汚穢を忌み嫌ふ山で、早勉の娘には村の婦女子打連れて登山し、山上に大小便を垂流して歸れば山神は之を淨める可く翌日は必ず大雨を降らすとしてゐる山を擬人化したものに借金をしたまゝ返さぬといふ定州郡の臨海山が有り、善山附近には人材の簇出するのをねたむの餘り大炎火を以て地表に灸を据えたり大釘を打込んだりした話などゝ傳へられてゐる。平南中和郡の水山は以前火山と呼ばれたが祥原郡に火災頻發するは其の名のたゝりであらうとして、水山と改稱したもので爾來全く火厄を斷つたなどといふ話もある。

大金剛の自然美すら許多の傳説の裏づけを得て更に幽邃崇重の感を深からしめる事は私共も親しく味はうた所である。

不毛の荒地を變じて美田良畑となしたと言ふ樣な話は因果を信する我國あたりにもよくある話であるが、朝鮮の傳説中にはこの種のものが可成りに數多く、平南の阿川平野の傳説もその一つに擧げられてゐる。

由來朝鮮は慈雨に惠まれる事稀に、豪雨時ならぬ雨厄の國丈けに雨乞ひや洪水其他廣く水に關する傳説も相當に殘されてゐる。价川の雨乞池、長淵の龍井、開城の大井、大邱の鍊泉、平壤の淸流壁、順川の尹氏淵等にからまる傳説などがそれである。金剛山中の文珠潭には我が三保の松原のそれに比して更に興趣深い羽衣の傳説が秘められてある。而して水に關するもの、多くは龍とは深いかゝはりを見せてゐるも注目すべき事柄であり、隣邦支那に於ては禽獸として喜ばれてゐるが、高麗朝の頃に之を水中の神と共に祀つたといふ。數多いこれら傳説や口碑を通覽すると民族的な思潮の現れを解は

明に窺ふ事が出來、かれを貫流する宗教的色彩を認め得て興趣をそゝられる事が多い。しかしてこれらの傳說などが日本內地のそれと近似點多く一脈の連繫を認めらるゝ事は內鮮古文化流通交錯の跡を物語ると同時に、兩族同根の神秘をすら暗示するものの如くである。倉皇の際主題の如き問題を取扱ふ事が既に困難な業であるのに加へて今の私はかゝる蕪雜な小觀を超え得る丈けの研究を持たないのである。茲にこの小稿を結んで餘は後日を期する所以である。（完）

謎と俗傳と自然

瀬 古 敏 雄

それは未だ早い頃、或る秋の夜――本當に冴えた月夜であつた。歪んだ城壁傳ひの小道を蔽うて雜草が繁つてゐた。そして露に濡れた虫の聲が、私達のす〜むたびに、靜寂の餘韻を殘してゐた。

「海に浮んでゐる沙鉢は何か」

私の後から歩いてゐた友人のL君が、暫くの沈默の後、そんな謎をかけた。あの眞白い冷めたさ、それでゐてその中に何か深い懐しみを含んでゐる――その冷めたさを持つてゐる沙鉢が私は非常に好きだ。私はそれらの感觸を基に、沙鉢と何かを結びつけようと頭をひねつてゐた。すると彼はヒントを與へる様な口調で云つた。

「君の影を見たまへ」

城壁に匐つてゐる蔦の葉――月の冷めたい感觸をそのまゝ含んだ露に光つてゐる蔦の葉に、雜草から折れ届つて、映つてゐる私の影をみた。その瞬間、本當に瞬間だつた。私はあの冷めたい月の、澄み冴えた大空とを思はずにはをられなかつた。そして月と空とをみなほした。

何といふ詩的な謎であることよ。沙鉢は誰も知る様に、主として、中産階級以下の生活と最も密接な距離にある食器である。

海の様な青さと廣さを誇る朝鮮の空。本當に澄める空に、浮いて、冴える月を眺めた時彼らの胸に直感されるものは、粗朴な民族の何れもがさうである様に、日常生活に最も深い親しみを持つもので

あつたらう。

そしてそれが沙鉢だつたのだ。私は筆で表現出來ぬが、そこに朝鮮民族の特種な詩情を直感することが出來るだらうと思ふ。

も一度くり返さう。「海に浮んでゐる沙鉢」

この象徴詩の一句を彼らはオンドルの深窓で享樂しながら、親から子へそして現代へ傳へて來たのである。

私はこの詩情豊かな謎の中に、憎い敵を、口疼く竈に結びつけた記紀歌謠發生年代の我々の祖先の粗朴な悵を懷しむことが出來る。

私は沙鉢の歷史を知らない。よしそれが新しいものであるにせよ、粗朴な朝鮮民族の詩的感覺を語る自然詩の一句であらうと思ふ。

それは兎に角、澄み渡つた大空に浮ぶ月輪を仰ぎみるたびに、あの豊富な曲線美の組合せからなつてゐる藥屋の下で、真白い影を闇にうかせながら、「海に浮んでゐる沙鉢」と謎かけて、空を仰ぎみてゐた昔の朝鮮の人々を思ひ出して、柔い微笑を禁じえないのである。

そしてバカチの白い花と立並んでゐる夕暮の少女に「海に浮んでゐる沙鉢は？」と謎かける衝動を幾度抑えたことであらう。

すく〳〵とのびてゐるポプラの一葉が、凪もなく、輕い音をたてゝ、私達の足下に散つてくる朝、私達は、深く、そして益々冴えた空を、遙に仰ぎみて、泌々と秋を知るのである。そしてあの堅い荒寥たる冬が近づいてゐるのを思はざるを得ない。

カサ〜に枯れたポプラの葉、彼らは手もなく搖つてゆくもの（風）を持つてゐたらしく、冷めたい風が吹き荒れてくると、あの安らかであつた鵲の巢を裸木の中に、黑々と殘して高い天空へ出發をはじめるのである。

枯葉、枯葉よ！　お前はどんな便りを持つてゆくのだい？

眞赤な唐辛を乾してゐる藥屋の壁に倚れて、可憐な兒童はさう呼びかけてゐる。朝鮮の兒童のもつこの呼びかけが「天に手紙を持つてゆくものは何か」といふ謎となつて傳へられた。

夕陽の櫻木の梢で、鵲が叫んでゐる。枯葉が飛んでゆく。

色々なロマンスの神祕で飾られてゐる天界への憧憬こそ、粗朴な人々の、そして神祕的な存在である兒童の通宵である。自由に高く飛んでゆく枯葉。それが天へ手紙を持つてゆく役割を持つてゐる。

「天に手紙を持つてゆく枯葉」直截的に自己表現する童謠、民謠そのものの感覺の一面であらう。この詩的な想像――直觀から出來てゐる謎こそ、朝鮮民族の奧底深く潛在する詩情の一面であらう。

朝鮮は民謠國だと云はれるほど、澤山の民謠を持つてゐるといふことを知らない人達でも、かうした謎の持つ詩味を通して、首肯しうるものを摑むであらうと思ふ。

太いポプラの幹に倚れて、一人の少女が謎かけてゐる。しやがんで枯葉を弄んでゐた少年は、解きうる誇をそのまゝ「枯葉だ」と答へて微笑した。少女は再び懷しげに天を仰いだ。然しもうそこには天上し後れた枯葉が寂しく藥屋根に落ちてゆくのをみるだけだつた。

こんな荒寥が朝鮮の自然を流れてゐる。

朝鮮にはこんな俗傳がある。

虹がたつたところには寶物がある。

虹は仙女が入浴の時架ける橋である。

虹を指すと其指がくさる。

粗朴的な、太古的な寢びの美的感情を持つてゐることを知るのである。

あの赤肌の禿山から空へ、美しい半圓の色彩、朝鮮の虹は素敵だ。そこにお伽噺の世界を想像した彼らが、虹と寶とを結びつけるに不思議はないけれど。お伽噺の世界、夢の國、さういつた想像をせずには居れなかつた彼らの憎感に、私は私の少年時代を回顧せずには居れなかつた。

全く彼らは少年らしい夢を描いてゐる。

あの荒寥たる山河に包まれて生活してゐる人々は、美しい半圓の色彩の上に、仙女の素晴しい裸形の線を覗覺し、觸覺したのである。彼らの想像は詩人の想像であつた。そしてそこに限りない快感を覺えたのである。

然し乍ら何れの素朴民族もさうであつた樣に、嘆美してゐる半弧の色彩は、神祕的現象であつた。それは恐怖であり敬遠であつた。

民族生活と同時に存在したであらうところの民謠が、その民族の美感に就いて語る樣に、謎や俗傳も明かにそれを語つてゐる。殊に自然に對する美感の發露が、謎といふ形式によつて、而も唄ふ詩ではなく、讀む詩、語る詩として成立してゐることは興味あると思ふ。

二つしか謎を解かず、三つしか俗傳をあげぬうちに豫定の紙數の半ばを費した。尤も隨筆なのであるから、どこで切つてしまつてもいゝ理である。

朝鮮の山河は死んでゐるといふ。赤肌の禿山、コークスの樣な岩山。といふので植樹が奬勵され、

保安林の面積が嶺くなつてゆく。所謂綠化方針が年每にのびてゆく。それはいゝことだ。ところが私

時々とんでもない夢想家になるのである。
私は懷しさと親しさを以て愛してゐる。朝鮮の自然を。然しそれは綠衣を纏つた山ではない。青い
豐かな帶を持つてゐる河ではない。私が愛してゐる自然は、あの太古的な荒寥たるそれである明るい
乾いた寂寥である。

澄み切つた明るい大氣に包まれて、涸れた河、遠くに聳える岩肌の山、喬木らしいものも持たずに
滑らかな線を露出してゐる赤肌の山。その明るさとそれと同じ明るさの淑びの山河の對照、いや調和
そこに釀成されたあの荒廢の美である。支那文化を日本へ渡して吳れた大仕事をなし終へて、疲勞の
衰顏そのものゝ自然の姿態の美である。その美に私は顧古的な懷しさと親しさを持ち、愛すのである
だから綠化され、修整されてゆく山河をみると耐らなく寂しくなつてくる。

朝鮮の自然の景物として、私は鵲を愛してゐる。荒廢の山野、廢屋の上を飛んでゐる彼の鳴聲は、
七夕傳說のツレとして美化された姿より遙に相應しく、荒寂の美感を添えてゐる。
ところで對手にこの鵲が朝鮮の人々からどんな風にみられてゐるかを少し窺かう。

俗傳に、一月一日鵲が鳴くと其年は豐年であるといふ。あのどこにでも飛んでゐる鵲が元旦に限つ
て、姿をかくす筈がない。恐らく必ずその日に鳴くのを聞くであらう。そして、それを聞いて人々は
その年の豐年を豫期して溫い正月をしてゐるのである。何と幸福な人々ではないか。それは兎も角、
鵲は瑞鳥でゐらねばならない。
鵲が住家の南方の木に巢を作ると、その家の主人が官吏に登用されるといふことだ。それがために
わざゝ南方の木の邊りに枯枝などか散したとか。これは前の話より稍、實現性が乏しいけれど、官

更任用を以て至上の仕合せとした時代の心理狀態が覗える。ともかく瑞鳥だ。

ところがこの瑞鳥も、夕方來て鳴くと凶事があるとされてゐるから敵はない。一體人間なんて隨分待て勝手なものだ。自分勝手に想像したり、定めたりして、自分を安心した
り、心配さしたり、喜んだり悲しんだりしてゐるのだから面白い。

それは兎も角、前に述べた樣な理で、朝鮮の自然美が勸きつつつあることは確だ。そしてその若返法がどの程度にまで成功するか見當である。決してホルモン注射が出來る理でもなし、結局、例の天勝のお婆さんが、幾つになっても若々しい舞臺姿をみせたり、羽左がお姬樣をつとめたりする樣に、外からこの地質學的に老衰した山野を彩ってゆくより仕方がないのだが、變挺古なものになりはしまいかと心配である。これもいらぬ心配かも知れない。然し、心配しないでをれない。私の愛してゐるものが、眞の姿を失ひつつあることだから。お叱りを受けるかも知れぬが、私は時々こんなとんでもない夢想を抱くのである。

朝鮮には未だ穴居生活がみられる。これは決して太古の建築を知らぬ人々であるからではない。財産分配の不公平社會制度の欠陷からくる悲惨な人達の止むを得ざる姿なのである。ところが正直にいふと、この穴居生活が朝鮮の自然美に素晴らしく相應しい感覺を與へるものである。想像して御覽なさい。

青草の山。そしてそこには青い土饅頭が盛り上り盛り上りつづいてゐる。初夏の夕暮である。その寂寥たる情感の中に、白い布が干してある。そして穴居の人遠の濃紫の煙がゆらぎ上って來た。この太古的な光景は藝術家にとって懷古の糧になるであらう。(四、五、二三稿)

長津江上流地帶

道 久 良

形式的に朝鮮の自然美は、赤松を主體とした自然美と、其の他の樹種を主體とした自然美の二つに區別するのも、一つの方法ではないかと思つてゐる。普通に私達が朝鮮らしいといひ、また、多くの人の眼に映ずる朝鮮の自然は主としてその前者即ち赤松がその主要なる部分をなしてゐる自然である。後者に屬するものの中で、落葉松又はたうひ、もみ類を主體とした自然美は、ただ鴨綠江及豆滿江流域の森林地帶に於てのみ見られる。この兩者は主として氣溫の影響による植物帶の變化によつて現れるのであつて、同じく朝鮮の自然美と言つても、隨分異なつたものをもつてゐる。

長津江上流地帶の自然美は、この後者に屬するもので、その地域は、鴨綠江の支流長津江が流れてゐる一帶の地域、即ち狼林山脈東方の海拔三千尺以上の高地を指すのである。

京城を出發してから三日目の朝である。私達はいま狼林山脈の支脈が日本海にむかつて走つた黃草嶺を越えて、長津江の盆地に向はうとしてゐる。咸興を出發して、輕便鐵道の終點五老里に降りた私達一行は、殘暑いまだ去らない八月末のみちを、リュックサックを背負つて、遠く狼林山脈をむかふにながめながら畑のみちを步んでゐる。數日前の洪水に洗ひ流されたみちには、礫が一ぱいに現れてゐる。まくわを賣る鮮童達が、そのみちの側で遊んでゐるのも京城の夏を過して來た私達の瞳には親しい、私達はまくわをかじりながらあ〻數ヶ月の山の生活を樂しみにして、河原にそつた緩傾斜のみ

ちをたどつてゆく。朝鮮でも珍しいほど澄み切つた雨後の紺青の空を背景に展開された山と曠野、私達にも度々は經験することの出來ない氣持の良い風光であつた。

その日は六里ばかり歩んで、黄草嶺を谷のむかふに見上げた眞輿里といふ小さな村落に宿つた。その宿はこの部落でも割合氣持のよい家で、窓より見ると斷崖のすぐ眞下が一面の草の河原になり、その中を靑蒼な水が流れてゐる。そこには着物を洗つてゐる朝鮮の女がゐる。ところ〴〵には水を利用して粟をつく臼が造られてゐる。水が一ぱいにたまると頭の方が高くはねあがる悠暢なながめは、山でなくては見られない素朴な眺めである。私達は汗にぬれた身體をふいて、山の第一夜を氣持よくねむることが出來た。

翌日は朝早く眞輿里をたつた。そのころから路は段々と急になつてゆく。見上げると四千尺の黄草嶺がすぐ眞上に見えるではないか。中腹で晝めしをすませた私達は一思ひに急峻の路を登つて行つた。嶺には既に秋の草花が咲いてゐる。冷風が秋達の汗ばんたシャツを通して、今さつきまで夏だと思つてゐた暑さも忘れてしまつた。それでも嶺の絶頂まではほとんど傾斜のない山腹のみちを半里以上も歩まねばならなかつた。

私達が京城を立つた時からあこがれてゐた黄草嶺、猿林山にむかふ長津江盆地の門をなす黄草嶺の絶頂にいま私達は立つてゐるのだ。日本海の水と黄海の水の分れる黄草嶺の分水嶺に私達はいま立つてゐる。見かへるといま登つて來た眞輿里の谷が急傾斜の眞下に見えてゐる。反對に長津江の盆地はその中央に一條の道路を走らせてゐるその中を無數の空の牛車が歸つてゆく、高原の秋がこんなに氣持のよいものだとは、私はいままで知らなかつた。この盆地は總てが三千尺以上の海拔をもつた朝鮮でも一ばん高い高原地帶である。氣温が低いために稻も生育しないので人々は馬鈴薯と燕麥とを作つて生活してゐる。燕麥は朝鮮でも一ばん澤山出來るので、秋が來ると軍馬の馬糧を買ひに毎年人が來るとのことであつた。

峠の上で一休みして、私達は歸りの牛車にのせてもらつて古土里へむかつた。古土里は絶頂から綾

傾斜のみちを一里ばかり下つたところにある小さな部落である。

翌日眼をさますと、外には一面に霜が下りてゐた。考へて見ると、まだ九月一日か二日頃なのであ

る。晃渡ると、山といはず丘といはず總てが野菊の花でうづもれてゐる。朝の冷氣をあびた太陽がそ

の上を照してゐる。その中に放牧の牛が遊んでゐる。朝の陽光につつまれた高原の丘の上には水色の

空が無窮に擴がつてゐる。高原の自然は、こんなにも美しいのかと、私の心はかすかな驚きを感ぜず

には居られなかつた。

壹ころが來ると部落の少女達は高原の苺を採つて歸つて來た。ハムヂになみなみと盛られた苺を頭

にのせて、少女達は三四人づつ組をなして歸つて來る。仕事もないこのあたりの少女達の、この單調

な日課、また私は美しいものに思はずにはゐられなかつた。二錢か三錢の銅貨を與へると、彼の女達

はよろこんでそれを私達にくれる。その少女達の素朴なよろこびの面を、私はいまもなほ忘れない。

心も顔も清らかなその少女達は私はいつまでも忘れないでもあらう。此の如くして、この高原から狼林

山脈にわたつての、私達の三ヶ月の生活はこころよいものであつた。

この大高原の中央の盆地を一條の昆津江が流れてゐる。鴨綠江の支流ではあるが、かへつてその本

流よりも大きい流程をもつてゐるとのことである。その左岸のむかふに高く見えるのが朝鮮の中央山

脈狼林山脈である。一帶が古來大森林の美と、しかして廣面積の火出とからなつてゐる。流れに近

い平旦地は、ほとんど總てが水濕の沃野であるが早く寒さが來るのと、夏期の氣温が低いために何

にも生育せず、たゞ荒廢のまゝに捨てられてある。しかし、ここの傾斜地帯は、少し以前までではほと

んど人の棲まなかつたところであらしいが、地味が極めて肥沃なために、昔の大森林は燒かれてし

まつて、一面の火田になつてゐる。そして、十年前までの大森林の根跡が、火田の中に無數の樹木の

燒け株として殘されてゐる。そこにも人間の力の無暴さと偉大さとを思はずにはゐられなかつた。

かくして、この傾斜地帯からは美味で大形の馬鈴薯と多量の燕麦とが收穫される。京城を出發して元山から私達の來たと同じ道を通つて、この高原を過ぎ、京義線又は鴨緑江の方へ出て出つた人達は、誰でもこの高原に出來る馬鈴薯の美味なることを口にしない人はない。私達は仕事にくたびれると、畑の中で石を燒いて、その燒石で土の中に簡單な石竈をつくり、この馬鈴薯をよく燒いて食つたものである。それも、私達の山の生活では忘られないものの一つになつた。

狼林山系の一ばん高い山を大白山といふ。高いといつても海拔六千五百尺位の山であるが、その位置が北方にかたよつてゐるので、内地の同高の山では見られない珍しいものがある。山麓は古來の密林をなし、普通の人達の遺入つたことのない大森林であるが、この中にもところ〴〵に山人蔘を採る人達の小屋がかけられてゐる。この樣な人蔘とりの小屋は鴨緑江流域のあらゆる密林中に造られてゐないところはない。丁度山人蔘の葉が繁る六七月のころになると、昔からこのあたりに棲んでゐた小數の人蔘とりの男達は、齋戒沐浴して、これらの山へ遺入つてゆくのである。彼らの山の密林中での生活は、私達がよく昔の話にきく行者の生活とほとんど變らないとのことである。そして、彼らはこの密林中のあらゆるところを山人蔘をさがし歩くのである。彼らにも大きい迷信があると見えて、密林中のところどころに小さく何かを祠つてある。土地の鮮人の話によると、途中で凶徵があるその年は人蔘とりをやめて歸つてくるとのことである。この人蔘とりの話も、研究して見ると、隨分面白いことがあるだらうと思つてゐる。

古來の密林を過ぎて登つてゆくと、急に變つてゆく植物の變化を感ずる。小暗い密林をぬけ出でて、高山性の草木の繁つたこの草原へ出た時の氣持のよさは、ただ山へ登つたもののみが知つてゐる氣持よさであらう。高山の草花はあらゆるものがみな淡彩の清楚な花である。清楚な花々が一面に咲きほこつてゐる。この中の岩にこしかけて憇ふ時には、この地上のあらゆる醜惡なるものを思はない。この時ほど清新な氣分を味はふことはない。何物もさへぎるもののない山上のお花畑は、そのまゝはてし

のない蒼空につづいてゐる。我らの經驗することが出來る一ばん純美の望めであると思つてゐる。お花畑を通りぬけるとその上に一帶の優松帶がある。そこにゆくと美しい花を開く草もなくここでは私達は山の寂寞を咏はねばならない。この間をくぐると、その上に大白山の絶頂があるのだ。眞黑な火山岩の間に、名も知らない高山性の小さな雜草のみが見られるところは、ここは大白山の絶頂である。見はるかせばこの山を中心にして南北に走つた狼林山の主脈は、わづかに低く、處々に小起伏をつくつてゐる。東西には、主脈をはなれた山山が、はるかに低くつづいてゐる。朝鮮西海岸にむかつた西方の山々にはほとんど森林らしい森林も見られない、長津江にむかつた東方の山々は、見渡す限りの古來の森林と、その麓に黃色く熟した燕麥の畑がひらけてゐる。朝鮮の中央山脈の上に立つた我々は、あらゆる朝鮮の姿を、ここより一目に見ることが出來るのだ。

かくして、私達の山の三ケ月は終つた。山で一ばんおそろしく、また一ばん壯快に感じたのは、高山の霧の襲來である。天候が少し變になつたと思つた時に、すぐに山を降れば霧に出會すことも少ないが、よくそれを我慢してゐて、霧におそはれたときのおそろしさは、平旦地では想像も出來ないことである。高山の霧は極めて急に襲來するが、また消え去ることも早い。急に霧がおそつてくると、あたりが夕方の様に暗くなつてしまふ。經驗の無いはじめての人は、よくみちを間違へて迷つてしまふのである。しかし、こんなこともなれてしまふど平氣になつて來る。こんな時には私達はいつも人夫達と共に火を焚いて岩の間かくばみにかくれて晴れるのをまつてゐる。高山の霧は一時間もすれば大抵は霽れるものである。

こんな霧が狼林山ではことに多い。丁度秋のはじめで氣候の關係であつたのかも知れないが、こんなことも、狼林山の思ひ出の一つとして殘つてゐる。

私がこのあたりへ旅行してから三年ばかりの間に、長津江の流域も隨分變つたとのことである。いまでは長津江の水がせかれて、鴨綠江を遡つて黃海に流れにんでゐた水が、十里以上り奥中り山脈の下

をトンネルによつて、日本海の方へおとされる機になつたとのことである。日本海に面した急傾斜の山腹からおとされ〱長津江の水が數百萬キロワットの電力を供給する日もあと一年とは要しないであらう。人間の力も大きいものである。長津江上流の自然もこれらの工事によつて、私が行つたときとは餘程變つてゐるかも知れない。私達は私達の科學によつて礎かれてゆく私達の文明を祝福すると共に一方に於ては段々と壞されてゆく自然美のためにかなしまねばならない。この一文もまたすたれゆく長津江上流の自然美のために、せめてものなぐさめになればそれでいいと思つてゐる。（完）

のどかな線である

市山盛雄

（朝鮮はまるでお伽話の國だね……）

歌行脚に渡鮮されてすつかり朝鮮證發者になられてゐた、いまは故人若山敬水の言葉がまだわたし
の耳にある。

まことあの緩かな線の赤土山の麓べに、あるひは谷の底を流れる傾斜の少ない、岩礁沙堆の多い河
べりに、きのこが重りあつた様に散在する人の住家とは思へない程な小さい藁屋が、くねりくねり曲
つた土墻に圍まれてゐる。ところどころにポプラの木が伸びて鵲の巢が高くかかつてゐる。さきには
部落の人の唯一の安息所となる槐古木が茂葉を擴げて立つてゐる。唐辛が乾されて眞紅になつてゐ
ろがつてゐる。と、みると溫突の少さい窓をあけ、腰を屈めての
このこと出て來る長い煙管を銜へた黑冠白衣のネンガミがある。頭上に水甕を載せたオモニが通る。
白い紋をつけた尾の長い飽くまで人を食つたカチ鴉が野良で働いてゐる農夫達と友達になつてゐる。
そこに痩そべつて居る牛の頭にさへも平氣でちよこんととまる。それはお伽話の國からぬけ出した一
幅の繪卷物の展開である。

朝鮮は線のはつきりした國だ。
線の美しさがこの國の全部だ。わたしはいつもそんなに思ふ。赤土山の間を縫うて流れる川の線、
楊柳けぶる春さきのやはらかい線の美しさ、ゆるやかに、あるは突兀した山岳の線が、碧空に描き出

されてゐる。

庭園美に乏しいこの國にめぐまれたのどかな線の美である。

朝鮮の空はすんでゐる。

あらゆる豪奢な生活に飽滿した高麗王は、ある日近侍のものに、あの爽かに澄んだ空の色が欲しいと云ひ出した、全國の陶物師どもはわれこそ一世の榮を勝ち得んものと空の色を出すことに心魂を打ち込んだ。それは世界に光る高麗の陶器藝術を生み出した。

朝鮮の空はほんとうに美しい、わたしは內地の旅をするといつてもあの重くるしい、壓へつける様な空を不快に思ふ。めぐまれた朝鮮の空である。わたしの心をつかむ空である。

ゆるやかな歩みである。

鶴が飛ぶ鶴が飛ぶ。すみわたつた空を高くらうらうと聲をたてて鶴がとんでゐる。瞳を落せば田圃の中の白鷺の歩みはしづかである。

雨が降らうと雲が降らうと悠々迫らず落ちつき掃つた白衣を纏ふ朝鮮人の歩みも又ゆるやかである、朝鮮の人は男女すべてが上體を直立し足を外方に向けて八文字式で步く、鷹揚な態度で一步一步緩かに足を運んでゐる。身分の高きもの程その歩みは緩かである、下賤の步き方は性急である。從つて緩步は自己を誇示する意識的の習性であるかも知れぬ。

又朝鮮の服裝は釣合を重じ直線的な衣裳を尙ぶ、その直線のみだれは殊に氣にする、服裝本來の性質は步行の敏速に適しない、緩かに步まざるを得ないのであるといふ。何れにせよ朝鮮の自然本來はここにもよき調和を與へてゐる。

まどかなる夜である。

静かに響きくる砧の音にわたしの心はいつもやはらげられてゐる。朝鮮の婦女は洗濯と裁縫と炊事が一日の仕事である。洗濯はそのもつとも多大な時間と労力のすて場である。

年が年中河邊を撰んで洗濯場とする。而して洗濯に適する處には洗濯女が群をなして蹲踞素足で洗濯棒を打振つてゐる。その水砧の音はのどかな蟬のこゑにもまぎれる。洗濯した白布は山の中腹かけて、岩の上や草の上に幾筋ごなく並べ乾してある。日が暮れると、温突に籠つて木の上や滑らかな石の上に白布を載せて夜通し打つてゐる。その音は天地寂滅の闇を破つてひびきわたるのである。そして妾の夜の仕事がこの砧である。砧の音は貞操監視の目標であるといふ。砧を休むことは彼女たちの生命を断つことである。又、かれらは唄ふ。

河川に水の涸れたときは、山間であれ、谿谷であれ半里も一里も平氣で出かけてゆく。

里も平氣で出かけてゆく。白妙の衣ほすてふ天の香來山をここに髣髴させる。時代は奈良朝の夢である。朝鮮の人は、たいてい妾をたへてゐる。

樫を切り出し、砧をけづり、それで娘は、絹を打つ、娘きぬたで、生絹を打てば、若衆のきものに、艶が出る。

さうだ。若きもののなやましい夜もあらう。すべては闇がつたへる砧の音である。

アララン アララン アラリーヨ
人間一度死んだならふたたび花が咲くものかアララン アララン アラリーヨ　アララン唄つて遊うば埠頭に、驛頭に、夢遊病者の様に力なく彷徨うてゐる若い擔軍、あるひは牛を曳いて野路を歸る若い勞働者の口から唄ひ出さるるアラランの調べである。餘韻嫋々何んといふ哀調を帯びた旋律であらう。

アララン唄つて遊うば

アラランの唄は極めて新しい時代の民謠であるといふ。李朝末期の大院君が景福宮の復興を計畫し

て全道から賦役人夫を徴發した。四方から集つて來た土民達の間に、酷使苛役に對する反感怨嗟を唄ふ新民謠が生れた。それの一つがアラランであるといふ。兎に角この時代にアラランは擴り朝鮮の民衆の心に食入つたものらしい。けれどもわたしは、高麗の初期か新羅時代のアラランだといふ古謠を老妓にきかされて、ほれぼれとしたことがある。そしてその寂しき音色の底を流れるのどかな線はわたしの感ずる自然であつた。

單色は生命であつたか。

朝鮮は東にあり、東は五行に於て木に位し、時に於て春たり、色に於て靑なり、靑は朝鮮の色なりとて、ある時の王さまは、白衣を禁じて靑色を着よと布令を下した、禁令は数年ならずして白衣の舊に復つてゐた。

白衣愛好は朝鮮人の自然である。朝鮮の婦女が求める近代のパラソルの如きにも白が多いといふ。それは色物より値が安いといふ輕濟的關係では勿論なく、虚榮をほこる妓生貴婦人などゝ皆この白色を好んで持つてゐる。色ものでは單色が多く、對色の組合せは赤に綠、黄に紫、粉紅に玉色、赤に茶、赤に靑等で淸楚優美である、正月、鶴年などの節日に晴れの衣裳を着飾る子供等は矢張りこの單色又は原色を五色七色に配合してゐる。けれどもそこに美術的技巧がなくてただ色彩が映じるのみである。妓生の舞踊も、姿態表情は興味の的とはならない僅かに、定つた手を泳がしてくるりと衣裳姿を舞臺にさらしてゐるに過ぎないのである。酔ごれどもの踊る技巧もただ手を振りで不器用に廻つて太鼓を打つ位なものである。然し多人敷の演出はそこに線の微妙な錯綜美がみられる。頑固な傳統

とまれ朝鮮のすべては漫歩であり、のどかな線である（一九二八、六、一）
が色にも線にも滲むでゐる。

眞人 第七卷第七號 七週年記念特輯號 目次

眞　人

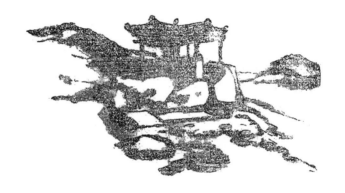

朝鮮の自然號

第七卷　第七號

真 人

朝鮮の自然號

第七巻　第七號

七週年特輯號

[영인] 朝鮮の自然號